CHI SONO LE CIPOLLINE?

Le Cipolline sono una squadra di calcio. Hanno vinto un campionato, ma per loro il risultato non sarà mai più importante del divertimento e dell'amicizia. A chi chiede se si sentano petali, rispondono: *No, siamo un fiore!*

GASTON CHAMPIGNON
ALLENATORE

Ex calciatore e compagno di squadra di Platini, è il proprietario del *Petali in pentola*, un ristorante specializzato in piatti a base di fiori. Il suo motto è: *Chi si diverte non perde mai!*

TOMMI
CENTRAVANTI

Capitano delle Cipolline, palleggia e prende a calci tutto ciò che gli capita tra i piedi. Quando Champignon l'ha visto palleggiare nel cortile di casa, ha subito capito che aveva la stoffa del campione...

DANTE
REGISTA

Per le tattiche di gioco si ispira alle grandi battaglie della storia e usa la fisica per studiare le parabole dei lanci.

BECAN
ALA DESTRA

Viene dall'Albania. I suoi genitori lavorano al *Petali in pentola*. Corre veloce come una gazzella e ha un gran destro.

SARA E LARA
DIFENSORI

Capelli rossi e lentiggini, sono due gocce d'acqua. Erano costrette a studiare danza, ora entrano in scivolata!

SPILLO
PORTIERE

L'ultima cosa a cui somiglia è uno spillo! Quando la palla si avvicina ci si butta come su un cono alla panna!

JOAO
ALA SINISTRA

Brasiliano, è mancino e passa le domeniche al parco a giocare a calcio con i suoi mille cugini.

CIRO
JOLLY

Napoletano, ha tre fratelli che giocano a pallacanestro, ma lui adora il calcio. Gioca ovunque, anche in porta.

PAVEL E IGOR
CENTRAVANTI

Due biondini gemelli, vivacissimi, molto veloci, che in campo hanno l'abitudine di chiacchierare un sacco.

SAVERIO
ALA DESTRA

È velocissimo, fa dei cross favolosi e ha giocato nell'Accademia Blu e poi all'Inter insieme a Tommi.

RAFA
CENTRAVANTI

Viene dalla Spagna, dove giocava nelle giovanili del Real Madrid. È alto, biondo, e ha i capelli lunghi.

ACHILLE
CENTROCAMPISTA

È il bullo della scuola, ma gli piace il calcio, e per entrare nelle Cipolline ha deciso di darsi una regolata.

ELVIRA
DIFENSORE

Era il fortissimo capitano delle Rosa Shocking. Ha una bella treccia nera ed è molto carina.

BRUNO
CENTROCAMPISTA

Ex numero 10 dei Diavoli Rossi. È forte come un toro, ma ha il cuore di burro e adora gli animali.

www.battelloavapore.it

Progetto editoriale: Marcella Drago e Clare Stringer
Progetto grafico: Gioia Giunchi e Laura Zuccotti
Colore: Davide Turotti
Realizzazione editoriale: Atlantyca Dreamfarm s.r.l.

I Edizione 2011

20145 Milano - Via Tiziano, 32
www.edizpiemme.it - info@edizpiemme.it

Stampa: Mondadori Printing S.p.A. - Stabilimento NSM - Cles (Trento)

Luigi Garlando

Il mondo delle Cipolline

Illustrazioni di
Marco Gentilini

PIEMME

A tutti gli avversari delle Cipolline

IL BENVENUTO DEL CAPITANO

Cari amici,

l'idea di questo libro naturalmente è stata di Dante. Quando si tratta di scrivere e studiare, il cervellone è sempre in prima fila...

«Ragazzi,» ci ha chiesto un giorno «perché non scriviamo l'enciclopedia delle Cipolline?»

Alla parola "enciclopedia", a Spillo è andata di traverso una meringa. Poi però il numero 10 ha illustrato meglio il suo piano e a tutti è sembrato molto interessante.

«Ormai sono anni che giochiamo a calcio insieme» ha spiegato Dante. «Chi di voi si ricorda ancora gli avversari che abbiamo affrontato nel primo campionato a sette? Quante finte abbiamo inventato? Sarebbe bello mettere tutto in un libro: il mondo delle Cipolline dalla A alla Z! Magari ci capiterà di affrontare un avversario che abbiamo già incontrato in passato e di cui non ci ricordiamo bene. Basterà leggere

sulla nostra enciclopedia come giocava e saremo più preparati per affrontarlo. Capite? Mio nonno ripete sempre che chi non è bravo a conservare il passato non è bravo a costruirsi il futuro.»

Sara e Lara sono state le prime ad appoggiare con entusiasmo l'idea di Dante, ma a poco a poco il progetto ha conquistato tutti, compreso Spillo. E tutti ci siamo dati da fare per realizzarlo. Questo libro è nato da una bellissima azione di squadra delle mitiche Cipolline!

Ci siamo riuniti più volte al Paradiso di Gaston e abbiamo raccolto tutti i nomi di cose e persone legate alla nostra storia. Ognuno proponeva una voce e Lino le annotava sul suo taccuino da giornalista.

Più che un lavoro, è stato un gioco veramente divertente, perché ogni nome proposto sollevava ricordi e così abbiamo rivissuto insieme le nostre avventure più appassionanti: vittorie, vacanze, città visitate…

Dopo aver elencato le voci, le abbiamo messe in ordine alfabetico, ce le siamo divise e ognuno ne ha scritta qualcuna.

Questo libro serve a noi, ma servirà molto anche a voi, cari amici. Se non vi ricordate più in quale squadra giocava Tamara o qual è il vero nome del Gatto, ora sapete dove trovare la risposta.

Ma la nostra enciclopedia può diventare anche un bel gioco. Per esempio, un gioco a quiz. Perché non sfidate i vostri amici a chi ne sa di più sulle Cipolline? Ricavate un po' di domande da questo libro e scoprite chi è più preparato sulla nostra storia. Chi si ricorda dell'insegnante di arco di Arancha? E come si chiama il cane di Egle? E il paese che ci ha ospitati durante la nostra settimana bianca? Chi ha inventato la finta del serpente e della gazzella?

Poi Spillo ha lanciato un'idea: dato che secondo lui un'enciclopedia di sole voci in ordine alfabetico rischiava di essere un po' troppo da secchioni, ha proposto di aggiungere cinque storie inedite e divertenti, ricche di disegni. Lo sapevi che Becan aveva perso il sonno e che Spillo era diventato invisibile? In questo libro ti racconteremo anche questo.

Buon viaggio nella mitica enciclopedia delle Cipolline!

A presto. Anzi, a prestissimo!

Tommi e le Cipolline

A

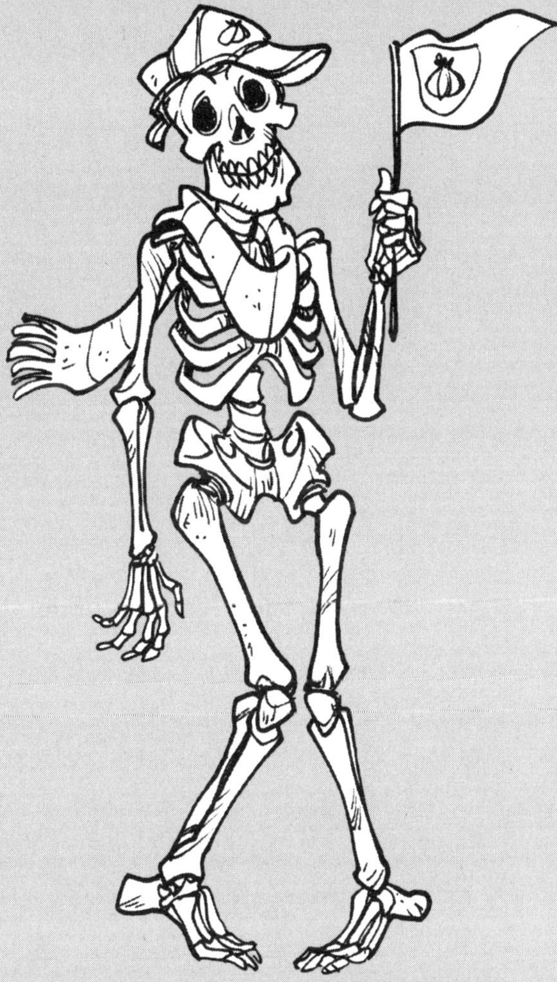

ACCADEMIA BLU

La prima squadra di Tommi, allenata da Walter, non certo un mister modello, dato il modo in cui strigliava i suoi giocatori. Proprio per questo, Gaston Champignon ha proposto al capitano di fondare una nuova squadra: così sono nate le Cipolline.

L'Accademia Blu è diventata perciò il nostro avversario numero uno, prima nel campionato a sette, poi in quello a undici. Noi li abbiamo battuti sia sul campo piccolo sia su quello grande...

In seguito, il nome Accademia si è trasformato in Akkademia, mentre la fusione tra noi Cipolline e i Kappa ha fatto nascere i Cipo-K.

ACCIPOLLA

Esclamazione di stupore che noi Cipolline usiamo spesso. Spillo di solito la accompagna con una poderosa manata sulla fronte. Tanto ha la testa grossa e non sente niente...

ACHILLE

Era un bullo che minacciava i più deboli e li ricattava. Un tipo grande e grosso, con i capelli rasati sulle tempie e uno scorpione tatuato sul braccio. Era meglio stargli alla larga...

Tra le sue vittime è finito anche Lino, che si è preso parecchie martellate sulle dita.

Poi, su consiglio di Champignon, siamo riusciti a coinvolgerlo in squadra e Achille, che non si è più sentito isolato e ha trovato buoni amici, è davvero cambiato. E noi abbiamo fatto un grande acquisto per il campionato a undici, perché è un mediano con i fiocchi, fortissimo atleticamente.

Dopo la fusione Cipolline-Akkademia, si è trasferito ai 10&Lodi per disputare il campionato regionale con Joao e gli altri.

ADELE

È la mamma del mitico Augusto, una vecchina arzilla che cammina con un bastone.

L'abbiamo conosciuta al matrimonio dell'autista della Cipo-line con Violette. Sembra che la simpatica signora non si sia accorta che suo figlio è cresciuto parecchio. Infatti lo rimprovera a tavola come se fosse ancora un bambino. Un bambino con i baffi e una moglie...

ADRIANO

Grande attaccante brasiliano che ha giocato nell'Inter e nella Roma. Lo abbiamo conosciuto in spiaggia a Rio de Janeiro. Era in compagnia di Kakà, altro fuoriclasse che ha indossato la maglia del Milan. Abbiamo visitato anche la *favela* di Vila Cruzeiro, il poverissimo sobborgo in cui Adriano è nato e cresciuto. Lì, da piccolo, giocava a pallone a piedi nudi.

AIDA

È la mamma di Diouff, ex Leone d'Africa ed ex

Kappa, passato ai Cipo-K. Aida e suo marito Karim ci danno una grande carica con i loro bonghi africani e con le mitiche *vuvuzelas*, le trombette diventate famose con il Mondiale sudafricano.

AIDA

AIUTO

Lo scheletro Aiuto è il nostro primo tifoso perché è sempre presente in tribuna e non ci critica mai...

È l'assistente personale della signora Sofia, insegnante di danza, che si serve di lui per spiegare alle allieve i movimenti da fare. Egle e le altre ballerine lo usano per fare scherzi alle ultime arrivate, che in genere si spaventano e scappano urlando: «Aiuto!».

Per questo si chiama così.

Al nostro più grande tifoso ne sono successe di tutti i colori: una volta è stato rapito dalla banda di Loris che voleva dipingerlo di blu; un'altra ha perso un dito lottando contro Spillo al Colosseo. Meno male che glielo abbiamo ritrovato. Ora Aiuto ha tutte le ossa a posto.

AKKADEMIA BLU

È il nuovo nome della squadra di Loris, di cui abbiamo parlato alla voce "Accademia Blu": il loro allenatore, Walter, aveva deciso di eliminare la lettera C, perché era convinto che la K facesse più paura. Andava in giro a dire che gli avversari sarebbero finiti ko. Boh... Da quel giorno, Loris e gli altri si sono fatti chiamare i Kappa.

AMBROGINI

È una delle squadre che abbiamo affrontato nel primo campionato a undici. Indossavano una divisa bianca a scacchi rossi. Ci giocava Nico, numero 5 fortissimo di testa, che poi è diventato un Cipo-K.

ANGELI DI CREMA

Gli Angeli di Crema subirono 40 gol dall'Inter di

Tommi. Ti ricordi quando il capitano lasciò le Cipolline per giocare nelle giovanili nerazzurre? I tifosi di Crema criticarono molto l'allenatore dell'Inter che non aveva "fermato" i suoi giocatori. Quel risultato esagerato (40-0!) a loro era sembrato un'umiliazione.

Ma noi Cipolline la pensiamo diversamente: il miglior modo per rispettare un avversario è dare il massimo e considerarlo un concorrente di valore. Noi ci sentiamo umiliati se una squadra sbaglia gol apposta per non infierire: ci farebbe sentire dei brocchi...

ANGELO

Fortissimo ex numero 10 dell'Uragano Club, chiamato dai Kappa per formare lo squadrone che ha partecipato al campionato a undici.

Angelo prima si è preso

ANGELO

una cotta per Egle, facendo ingelosire Tommi, poi ha iniziato a essere carino con Sara. In realtà lo ha fatto solo per convincerla a mollare il calcio e tornare alla danza, così i Kappa avrebbero dovuto affrontare una tigre in meno... Un vero colpo basso che ha fatto imbufalire Sara. Ma poi si è fatto perdonare e tra i due, diventati compagni di squadra, c'è ora una bella amicizia.

ANGIE

ANGIE

Angie, cioè Angelica, è stata la tostissima avversaria di Issa nel Gran Premio di mini-moto di Crema.

Indossa sempre una tuta da pilota bianca con due ali da angelo disegnate sulla schiena. Ha combattuto fino all'ultimo con il figlio di Champignon, ma alla fine è riuscita a spuntarla. Per tutta la durata della gara, Spillo dalla tribuna ha strillato: «Issa, sorpissa!».

ANTONELLO

È il padre adottivo di Pavel e Igor, nati in Ucraina. Di lavoro fa il giornalista sportivo. Ha arbitrato la partita tra Cipolline e Cipolloni.

AQUILONI

Ziao, il nonno di Chen, ne costruisce di meravigliosi. Durante la nostra vacanza a Pechino li abbiamo ammirati nella sua bottega e lui ci ha spiegato come vengono creati.

In quell'occasione, Gaston Champignon ha inventato un allenamento divertentissimo. È stata una partitella molto particolare: poteva segnare solo chi in quel momento teneva l'aquilone. Per non farlo cadere, il giocatore era costretto a correre veloce per il campo e i compagni dovevano cercare di servirgli la palla quando passava vicino alla porta avversaria.

ARANCHA

È la sorella di Rafa. È una bellissima ragazza dai capelli lunghi, lisci e neri, e dai grandi occhi color

cioccolato. Tommi appena l'ha vista è rimasto a bocca aperta, per la gioia di Egle... È per questo che tra le due non c'è molta simpatia, anche se qualche volta stupiscono il capitano alleandosi tra loro.

È bravissima a tirare con l'arco: le sue frecce centrano sempre il bersaglio. Ma la sua vera specialità sono le rime, ne fabbrica a getto continuo...

ARCOBALENO

È l'ex squadra dei gemelli che abbiamo affrontato nel primo campionato a sette. Indossavano una maglia bianca con i colori dell'arcobaleno.

ARANCHA

Nella sfida d'andata, quei chiacchieroni di Pavel e Igor parlarono per tutta la partita e mandarono in confusione Sara e Lara... Ma le gemelle si vendicarono segnando un gol a testa.

La partita finì 2-2: due gol dei gemelli, due delle gemelle. Derby in perfetta parità!

ARENA DI MILANO

È stata il teatro del nostro trionfo nel campionato provinciale a undici.

Lì abbiamo battuto nello spareggio gli scorrettissimi Kappa, che la notte precedente avevano allagato le fasce laterali per frenare le nostre ali veloci, Becan e Joao.

Ma grazie all'arrivo di Tommi, che era rimasto intrappolato nel traffico mentre tornava dal matrimonio dello zio, li abbiamo sconfitti.

ARTE DELLA GUERRA

Ziao ci ha fatto conoscere questo antico trattato cinese, scritto secoli fa dal monaco Sun Tzu, che dà consigli su come vincere una battaglia.

Il calcio non c'entra nulla con la guerra, è un gioco pacifico che unisce le persone, però certe strategie di Sun Tzu possono essere applicate alle partite.

Perciò Ziao ha scritto per noi un libretto di consigli tratti dall'*Arte della guerra* e li ha fatti tradurre in italiano da sua nipote Chen. Grazie a lui abbiamo vinto più di una partita.

ATLETICO MIAO

Li abbiamo incontrati nel campionato regionale. Indossano una strana maglia bianca con delle macchie nere che, viste da vicino, sono piccole impronte di gatto.

Questa squadra non ci porta buoni ricordi... A Mantova, infatti, subimmo la prima sconfitta del campionato, nonostante un ottimo inizio di torneo. Fu una disfatta totale: 5-1. Purtroppo il Gatto incappò in una giornataccia. Forse sentiva aria di derby: il Gatto contro i Miao...

AUGUSTO

Il nostro Augusto è mitico perché sa fare di tutto.

Lo vedi sempre elegante, impettito, nella sua divisa da autista, con cravatta e cappello, e non ti immagini che possa suonare la batteria in canottiera, parare con l'agilità di un gatto, ballare il flamenco con una rosa in bocca e presentarsi in tenuta da golf per allenare i portieri... Secondo noi, per imparare tutte queste cose ha già vissuto almeno sette vite.

Lavora come maggiordomo a casa di Sara e Lara,

che porta a spasso con una lunga ed elegante auto nera. Ricordi quando si presentarono al primo allenamento delle Cipolline ai giardinetti di via Pitteri? Sembravano due rockstar che scendevano dalla limousine...

Augusto guida anche la Cipo-line nelle trasferte e aiuta il mister ad allenare la squadra, occupandosi soprattutto dei portieri. È sposato con Violette, sorella di Champignon, artista di fama internazionale.

AUGUSTO

B

BANDA

Donato, il papà di Tommi, che guida l'autobus numero 54, suona i piatti nella banda dei tranvieri di Milano. Con l'elegante divisa blu e la cravatta rossa si sente un grande musicista.

Tranne quando lo skateboard di Spillo gli finisce sotto i piedi e lo manda gambe all'aria, facendo cadere uno dopo l'altro anche gli altri membri della banda… Te lo ricordi?

DONATO

BARCELLONA

È la splendida città della Spagna che abbiamo visitato in vacanza. È stato un viaggio davvero indimenticabile: tra la Rambla, il museo di Picasso, la partita con gli amici di Jordi e il Camp Nou, non c'è stato un attimo di pausa!

Abbiamo visto anche le opere di Gaudí, il geniale architetto spagnolo: ha costruito la Sagrada Familia, una chiesa stranissima diventata simbolo della città, e case bizzarre fatte con ogni tipo di materiale, come legno, vetro, ferro, ceramica...

Le Cipolline si sono divise sulle sue costruzioni: ad alcune sono sembrate degli sgorbi, ad altre dei veri capolavori. Ma il bello dell'arte è anche questo: fa discutere e nessuno si sente in torto. Proprio come il calcio.

BEBA

Centravanti delle Rosa Shocking che gioca con una fascia di spugna tra i capelli. È piccola ma molto forte tecnicamente. L'abbiamo affrontata nel campionato a sette e ci ha fatto davvero girare la testa.

BECAN

Becan Rovani, nato a Tirana, in Albania, è la nostra mitica ala destra. I suoi genitori lavorano al *Petali in pentola* e lui da grande vorrebbe fare il cameriere in un ristorante di lusso.

Per hobby colleziona i tappi delle bottiglie di acqua minerale che Champignon gli tiene da parte: li usa per giocare all'oratorio con gli amici, spingendoli a colpi di dita su una pista disegnata a terra.

Oltre al calcio, ama il ciclismo. La sua finta preferita: la "stop and go".

BELLAGIO

Delizioso paese sul lago di Como che abbiamo visitato nel giorno di riposo del Mondialino. Qui abbiamo incontrato il famoso attore George Clooney, che ha firmato autografi alle nostre emozionatissime mamme.

Per arrivare a Bellagio abbiamo preso uno degli ultimi antichi battelli a vapore ancora funzionanti: il piroscafo Concordia. Salirvi a bordo è stato come andare indietro nel tempo...

BEPPE

Era il portiere dell'Accademia Blu, che poi è passato ai 10&Lodi. Quando giocava nella squadra di Walter doveva stare attento a non sbagliare: se gli avversari segnavano, il mister se la prendeva con lui... Povero Beppe!

BEPPE

BERNABEU

Lo stadio Santiago Bernabeu è la casa del mitico Real Madrid, il club più prestigioso del mondo. Lo stadio, che prende il nome da un grande presidente del Real, può contenere oltre ottantamila persone.

Lo abbiamo visitato durante la vacanza in Spagna. Siamo entrati in campo e abbiamo ammirato le oltre cinquemila coppe custodite nella sala dei trofei: tra queste c'erano ben nove Coppe dei Campioni.

BICICLETTA

È il nome di una finta spettacolare che Rogeiro, il cugino di Joao, ci ha insegnato sulla spiaggia a Rio de Janeiro. Non è affatto semplice: se sbagli, rischi di fare una figuraccia e di ritrovarti sdraiato a pelle di leone… Bisogna stringere la palla a tenaglia con entrambi i piedi e, in corsa, sollevare le gambe all'indietro in modo che il pallone ti scavalchi la testa e superi pure il difensore che hai di fronte. Se riesce, è un dribbling di grande effetto.

Il nostro specialista è Tommi, che l'ha sfoggiata anche al Maracanà, il mitico stadio di Rio.

BILLY

Insieme a Terry, forma la coppia dei Terribili. È un soprannome davvero azzeccato, perché i gemelli sono due difensori centrali spietati e affiatatissimi.

Ma la loro specialità è combinare uno scherzo dietro l'altro: al povero Otto hanno affondato gli scacchi e bombardato l'aeroplanino, hanno mandato alla deriva Donato che dormiva sul materassino e

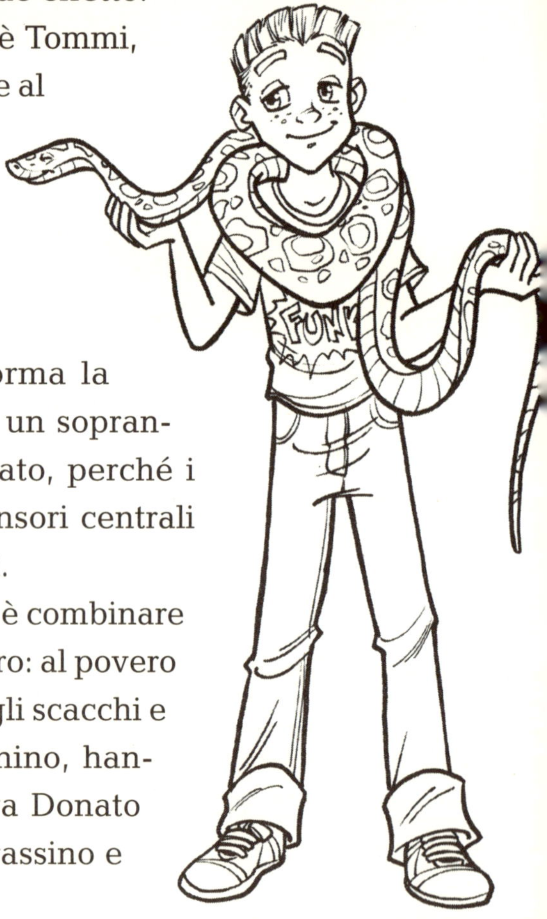

BILLY

hanno spaventato tutti con il loro pitone Johnson... Una volta gli abbiamo chiesto di organizzare un bello scherzo a quei simpaticoni dei Kappa prima dello spareggio.

Li abbiamo conosciuti al Mondialino sul lago di Como, dove hanno giocato con la maglia dell'Inghilterra. Poi, a sorpresa, sono stati tesserati dai 10&Lodi di Joao.

BIRO BIRO

Non si sa perché, ma ogni volta che siamo in un aeroporto qualcuno di noi colpisce con la palla la cesta di questo pestifero gatto nero.

E puntualmente lui scappa come un razzo, mentre noi lo rincorriamo e la sua padrona, che indossa sempre strani cappelli, strilla: «Biro Biro! Riprendete il mio amorino! Biro Biro, torna qui dalla tua mammina!».

BOCCA DELLA VERITÀ

È una maschera di pietra che, secondo la leggenda, mangia la mano a chi dice una bugia.

Durante la vacanza a Roma, Tommi ha voluto

provarla. Egle gli ha chiesto di non andare al parco Forlanini con Gigia, l'affascinante portiere delle Rosa Shocking, mentre lei era in Cina. Il capitano ha promesso, ma quando ha ritirato il braccio la mano era sparita! Egle ha urlato spaventata.

In realtà Tommi l'aveva solo nascosta nella manica del golf…

BONGA

È una minuscola isoletta sperduta nell'oceano, dove è stato stampato uno dei più rari francobolli della storia. Il papà di Clementina, appassionato collezionista, lo ha mostrato con orgoglio a Sabatino. Il guaio è che al fratello di Loris è scappato uno starnuto e il prezioso francobollo è volato nel bicchiere del vino...

BONGHI

Strumenti a percussione che i genitori di Diouff suonano con le mani in tribuna. Karim e Aida sono abilissimi: riescono a creare un ritmo scatenato che ci dà la carica e ci mette voglia di correre.

I bonghi solitamente sono costruiti con legno e pelle di capra.

BRANDO

È il fortissimo numero 10 dei Lupacchiotti, che ci hanno sconfitto 3-2 nella finale del Torneo delle Regioni di Roma. Per loro ha tifato anche Francesco Totti.

BRIGADEIROS

Delizioso dolce brasiliano composto da palline di cioccolato ripiene di latte. Naturalmente, quando siamo stati a Rio de Janeiro, Spillo ne ha fatta una vera strage.

BRUNO

Centrocampista di classe e grande fisico, è venuto a darci una mano quando siamo passati al campionato a undici. Prima giocava nei Diavoli Rossi ed era uno dei nostri avversari più temuti.

Se in campo lotta come un leone, fuori è un tipo molto tranquillo, che non farebbe del male a una mosca. Il suo sogno è diventare un veterinario o lavorare in un grande parco naturale a contatto con gli animali.

BRUNO

BUTRAGUEÑO

Emilio Butragueño è stato un grande centravanti del Real Madrid e della Nazionale spagnola.

Lo chiamavano l'Avvoltoio perché era il più rapido a scattare in area e ad avventarsi sul pallone.

Lo abbiamo conosciuto a Roma, dove lui, come dirigente del Real, era in missione per cercare di convincere Francesco Totti a trasferirsi a Madrid.

Ma per fortuna il romanista, per amore della sua squadra, ha rifiutato il prestigioso invito ed è rimasto a giocare in Italia.

CIPO-STORIA

BECAN E IL SONNO PERDUTO

Gaston Champignon ha radunato le Cipolline al centro del campo per spiegare il prossimo esercizio. I ragazzi ascoltano con attenzione le regole del gioco che, come al solito, sarà utile ma soprattutto divertente.

Finita la spiegazione, le Cipolline si alzano impazienti di cominciare la nuova sfida. Tutte, tranne una...

– Guardate – indica Ciro sbalordito.

– Ma sta dormendo! – esclama Sara.

Becan, seduto su un pallone con gli occhi chiusi, è completamente addormentato.

Joao lo chiama un paio di volte per svegliarlo, poi lo scuote per la spalla e l'ala destra apre gli occhi sbadigliando: – Buongiorno...

Le Cipolline ridacchiano di gusto.

– Buongiorno a te – risponde Dante. – Ti informo che è pomeriggio e che stiamo facendo gli allenamenti.

– Ah, scusate, – si giustifica Becan alzandosi in piedi – ma in questo periodo ho sempre sonno.

– Allora vatti a sciacquare la faccia e svegliati bene, – consiglia Achille – perché sei in squadra con me e io voglio vincere.

L'ala destra s'incammina verso la fontanella ciondolando, come se si fosse appena alzata dal letto.

Il pomeriggio seguente Becan si presenta all'oratorio Giovanni XXIII con espressione cupa.

Spillo se ne accorge subito: – Brutte notizie a scuola?

– Già... – conferma il ragazzo albanese. – Mi sono addormentato durante la verifica di matematica e la maestra mi ha messo una nota sul registro.

– Qualcuno dei tuoi compagni ha fatto la spia? – chiede Achille.

– Non ce n'era bisogno – spiega Becan. – Russavo...

Le Cipolline scoppiano a ridere.

– Ma come mai all'improvviso ti è venuto tutto questo sonno? – domanda Lara.

– Non lo so. È come se di colpo si fossero invertiti il giorno e la notte...

– Hai provato a contare le pecore? – chiede Dante.

– Mica dormo in una stalla... – ribatte Becan.

– Ma non intendo pecore vere! – spiega il numero 10. – Quando uno non riesce ad addormentarsi, immagina un gregge di pecore e si mette a contarle a una a una. È un trucco che conoscono tutti.

– Con me non credo proprio che funzioni... – assicura l'ala destra. – Questa notte ho elencato tutti i calciatori in ordine alfabetico, da Abate a Zoff: ho passato in rassegna i giocatori di mezzo mondo ma, dopo due ore, ero ancora sveglio come un grillo.

La mattina seguente, Tommi, Spillo e Dante si presentano davanti al portone della casa di Becan per accompagnarlo a scuola. Sono curiosi di sapere se la cura della bella Eva ha funzionato: ma appena vedono sbucare l'ala destra sbadigliando capiscono subito che il loro tentativo è fallito.

– Altra notte in bianco – conferma Becan.

– Hai provato a contare le pecore? – chiede Dante.

– Sì, e dopo le pecore ho contato i leoni, le tigri, le giraffe, i rinoceronti, gli ippopotami e tutti gli animali dello zoo – risponde sconsolato l'albanese. – Alla fine loro si sono addormentati e io sono rimasto sveglio...

– E adesso ti addormenterai in classe... – commenta Tommi.

– A giudicare dal sonno che ho, direi proprio di sì – conferma Becan.

Spillo estrae degli stuzzicadenti dalla tasca dei pantaloni e li allunga all'ala destra: – Tieni, questi possono servirti. Così riuscirai a tenere gli occhi aperti durante la lezione.

Tutti scoppiano a ridere.

– Corriamo, sta arrivando l'autobus! – avverte Dante.

Non appena si siede sul seggiolino della 54, Becan inizia a russare...

Nel pomeriggio, agli allenamenti, Gaston Champignon si liscia il baffo destro: – Ho parlato con un mio carissimo amico medico e mi ha tranquillizzato: non c'è da preoccuparsi. Mi ha spiegato che capita spesso che il corpo scambi il giorno per la notte, soprattutto quando si fanno lunghi viaggi e si soffre la differenza di fuso orario. Ricordate quando siamo stati in Cina?

– Ma Becan non si è mosso da casa... – fa notare Elvira.

– È vero, – concorda il cuoco-allenatore – ma il mio amico mi ha spiegato che a volte accade anche senza aver viaggiato. In questi casi basta aspettare qualche giorno: dopo la prima notte in cui si dorme regolarmente, tutto si sistema.

– Speriamo... – sospira Becan.

– Oltre ad aspettare, però, potresti fare qualcosa per facilitarti il sonno – aggiunge Champignon. – Per esempio, stancarti più del solito.

– Certo – approva Dante. – Se invece di addormentarti sulla panchina sgobbi in allenamento, stasera sarai stravolto e crollerai come un sasso.

– Ma stravolto quanto? – chiede preoccupato Becan.

– Stai tranquillo, non ti torturo. Non sono mio fratello Jerome... – scherza Gaston.

– Ok, mister – approva l'ala destra senza troppo entusiasmo.

Le Cipolline cominciano a correre per scaldarsi, poi iniziano gli esercizi tecnici. Gaston Champignon decide di allenare i cross per tenere sempre impegnato Becan.

Tommi calcia al volo in mezza rovesciata e spara il pallone in rete.

– Cross perfetto, Becan! – si complimenta il capitano.

L'ala destra solleva la mano destra a "Cipo-ok" in segno di intesa, mentre si porta l'altra mano alla bocca per coprire lo sbadiglio.

– Non fermarti! – gli urla immediatamente Dante. – Altrimenti ti addormenti... Torna a centrocampo e fai un altro cross!

Becan obbedisce e riparte in slalom attraverso le pentole.

Alla fine degli esercizi tecnici, mentre le Cipolline iniziano una partitella in una metà campo, Becan prende il pallone e comincia a palleggiare camminando attorno al campo.

I compagni lanciano ogni tanto un'occhiata all'amico che vaga come un sonnambulo.

– Sarà anche addormentato, ma i piedi sono belli svegli – commenta Sara, ammirata. – Il pallone non gli casca mai a terra.

– Nessuno ha un'ala destra così! – concorda Ciro.

Ma poi i ragazzi si lasciano coinvolgere dal gioco e perdono di vista il compagno. Fino a quando Dante lancia l'allarme...

– Mi spiace, – si giustifica Becan – ma non riuscivo proprio a tenere gli occhi aperti.

– Devi insistere, altrimenti stanotte ti ritrovi di nuovo sveglio – lo avverte il cuoco-allenatore. – Coraggio, lascia stare il pallone e comincia a correre. Addormentarsi mentre si corre dovrebbe essere più difficile che mentre si cammina.

Becan si rimette in moto e questa volta riesce a terminare l'allenamento. Quando rientra in spogliatoio è stremato, ma soddisfatto.

– Vedrai che stanotte riuscirai a dormire – lo incoraggia Tommi. – E domani sarai guarito!

Ma la mattina seguente, Becan esce dal portone con la solita faccia da sonno.

– Niente da fare ragazzi. Ho contato un'altra volta tutto lo zoo...

Durante la mattina, in classe, Spillo si scervella per trovare una soluzione al mistero-Becan e, al suono della campanella, è certo di averne trovata una. Ma decide di comunicarne agli amici solo una parte.

All'uscita della scuola parla con Dante: – Senti, ho una cosa strana da chiederti, ma mi prometti di non ridere?

Il numero 10, perplesso, risponde: – Dimmi pure...

– Sai, io non sono mai stato al Museo della Scienza e della Tecnica – racconta il portierone. – Mi piacerebbe visitarlo con te, così mi racconti un po' di cose interessanti.

A Dante, invece, scappa subito da ridere: – Sicuro che non hai la febbre? Tu, in un museo?

– Be'... È vero, i musei non sono proprio la mia passione – spiega il portiere. – Ma è come dal dentista: ogni tanto bisogna andarci. E poi mi hanno detto che ci sono alcune macchine spettacolari di quel genio di Leonardo da Vinci, il mio nuovo idolo.

– D'accordo – accetta Dante. – Se vuoi ti accompagno oggi pomeriggio.

– Mitico! – esulta Spillo. – Al ritorno ci troviamo tutti al *Petali in pentola* e vi spiego il piano per far guarire Becan. Sono più geniale di Leonardo, io!

Dopo la visita al museo Spillo e Dante raggiungono gli altri, e il portierone spiega la sua idea.

– Chi è il più grande dormiglione del mondo? – chiede il numero 1.

– Il gatto Pentola – risponde Lara.

– Esatto! – conferma Spillo. – E dove dorme?

– In una pentola – dice Ciro.

– Ecco cosa ci serve – spiega il portiere. – Un enorme pentolone. Ci mettiamo un materasso sul fondo, Becan si sdraia dentro, dorme e tutto torna a posto.

Le Cipolline scoppiano a ridere.

– E questo sarebbe il tuo grande piano, Leonardo? – chiede Dante.

– Certo, è un'idea infallibile! – insiste Spillo.

– E dove lo troviamo un pentolone così capiente? – domanda Tommi. – In una tribù di cannibali?

I ragazzi scoppiano di nuovo a ridere.

Ma Spillo non si arrende: – Allora, visto che non credete al mio genio, facciamo una scommessa: se stanotte Becan non si addormenta, vi prometto che non toccherò una meringa per tre mesi. Qua la mano!

Il capitano stringe la mano al portiere.

La mattina seguente, come al solito, Spillo, Tommi e Dante attendono davanti alla casa di Becan che, a sorpresa, esce di corsa dal portone saltellando come un grillo: – Ho dormito tutta notte come un sasso! Sono guarito! Ed è tutto merito di Spillo!

Dante e Tommi si guardano sbalorditi.

Il numero 10 chiede: – Ma come hai fatto?

Spillo gonfia il petto e con un sorriso orgoglioso spiega: – È semplice, cervellone. Ho pensato che se c'è una cosa che fa dormire, sono proprio le tue noiosissime spiegazioni. Perciò ieri, mentre mi facevi la lezione al museo, ti ho registrato di nascosto. Poi ho detto a Becan di mettersi a letto con le cuffie e di ascoltare la tua voce.

– Ha funzionato! Dopo neanche cinque minuti mi sono addormentato! – conferma Becan.

Dante rimane a bocca aperta.

Tommi scoppia a ridere e non si ferma più.

C

CAFFETTIERA

Viene chiamata anche "rabona" ed è un tipo di calcio molto spettacolare: bisogna colpire la palla facendo passare il piede dietro l'altra gamba.

L'argentino Maradona faceva dei cross meravigliosi con questa tecnica, tanto che a Napoli se li ricordano ancora. E infatti in quella città si beve un ottimo caffè.

Il nostro specialista è Joao, che arriva dal Brasile dove, guarda caso, si produce il caffè migliore del mondo. I conti tornano...

CALZETTONI

Quelli di Ciro puzzano così tanto che li senti a un chilometro di distanza. Non se li lava per tutto il campionato. Scaramanzia, lui dice: più si sporcano, più acquistano poteri magici. E infatti a inizio campionato si sente molto meno sicuro che alla fine. Mentre a noi, nelle ultime partite della stagione, tocca tenere la porta dello spogliatoio aperta...

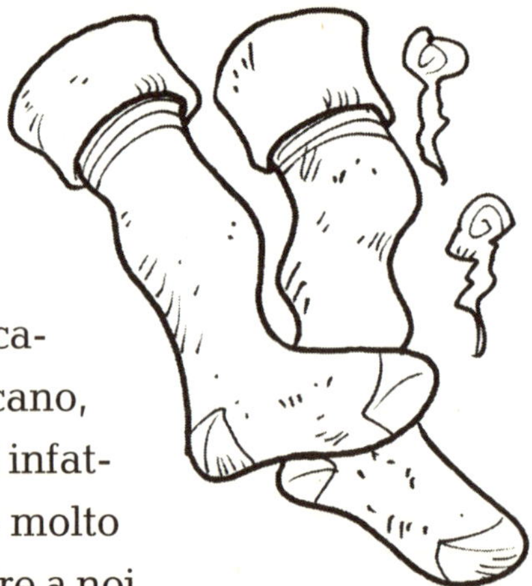

I CALZETTONI DI CIRO

CAMILLO

È il simpatico contadino che si prende cura di Ciuffo, il cavallino di Pavel e Igor, nella fattoria del parco Forlanini.

CAMP NOU

È il mitico stadio che ospita le partite del Barcellona di Messi e può contenere fino a centomila spettatori. Alcune poltroncine gialle della tribuna formano la scritta *Mes que un club*, che significa che il Barcellona è molto di più di una squadra di calcio: è l'orgoglio di tutta la regione catalana.

CAMPANADA

È un rito propiziatorio molto popolare in Spagna: prendete dodici chicchi d'uva, mangiatene uno a ogni rintocco del carillon del Palazzo della Posta alla Puerta del Sol di Madrid quando scocca la mezzanotte dell'ultimo dell'anno. Se non vi ingozzerete e nessuno vi metterà del sale nell'uva (come è successo a Egle...) avrete un anno molto fortunato.

CARLETTO

Di Carletto, cuoco amico di Gaston Champignon e titolare del ristorante *Trilussa* di Roma, ricordiamo soprattutto la squisita pasta all'amatriciana.

CARLINO

È il nome del cane di Egle, ma anche della sua razza: cioè, è un carlino che si chiama Carlino! All'inizio non andava molto d'accordo con Tommi, forse perché era geloso delle attenzioni che il capitano dava alla sua padroncina. Ma ultimamente sembra che il loro rapporto stia migliorando...

Non è certo un mostro di bellezza. Come dice Spillo, sembra che abbia sbattuto il muso contro un muro a cento all'ora!

TOMMI E CARLINO

CARLOS

È il papà di Joao e fa il benzinaio. Prima di venire in Italia, abitava a Rio de Janeiro.

Quando era giovane, anche lui giocava a calcio e tutti lo chiamavano Foquinha, perché il suo numero preferito era correre con la palla incollata alla fronte, proprio come una foca.

Carlos è un grande tifoso delle Cipolline: sta sempre in tribuna e suona il tamburo per incitarci.

CARTE

Il gioco di carte Ziao, inventato dal nonno di Chen, è uno dei passatempi preferiti delle Cipolline. E anche il vostro, a quanto pare... Simula una partita di calcio attraverso quarantacinque carte che riproducono i ruoli e le azioni di gioco. E sulle carte ci siamo noi!

CERVELLONI

Il gioco televisivo a quiz a cui ha partecipato Dante. Il nostro cervellone ha battuto tutti i concorrenti, ma è caduto sulla domanda finale. Il bello è che la sapeva!

Per settimane ha cercato di ficcarsi in testa la capitale del Madagascar, Tananarive. Per aiutarlo a ricordarsela, Spillo gli aveva detto di pensare alla frase «Tu non arrivi». Solo che quando il presentatore gli ha chiesto il nome di quella città, Dante ha risposto proprio: «Tu non arrivi...».

Poi si è corretto subito, ma, come sai, nei quiz la prima risposta è quella che conta.

CHAMPIGNON

In francese significa "fungo". È il cognome del nostro mitico allenatore. Se volete saperne di più su di lui, andate alla voce "Gaston".

CHEN

In Cina, Egle ha trovato una grande amica, Chen. Il suo nome ha un significato bellissimo: "Nuvole Armoniose dell'Alba". Chen è magrolina, non molto alta e ha occhi vispi come mosche che si nascondono dietro agli occhiali.

Ama molto l'Italia: ha imparato la nostra lingua e un giorno vorrebbe venire qui a studiare storia e moda.

È una piccola cervellona, come Dante, e infatti tra i due c'è molta simpatia. Grazie al corso accelerato di calcio che il numero 10 le ha fatto, Chen ha giocato con noi al Mondialino del lago di Como, indossando la maglia della Cina.

CILIEGIE DI VIGNOLA

Una delle squadre partecipanti alla Coppa del Fair play a Coverciano. Naturalmente hanno giocato in maglia rossa e ci hanno rifilato due belle "ciliegie" con il loro numero 9 Guido…

CIPO-K

Dall'unione tra le Cipolline e i Kappa è nata la nuova squadra. Il nome è stato facile da scegliere, la maglia un po' meno… Infatti è scoppiata una grande discussione: alcuni la volevano azzurra, altri bianca.

Per fortuna poi è intervenuta Sara che, con un pennarello, ha disegnato una casacca bianca con due bande laterali azzurre. Sul petto ha messo una K e una cipollina: una vera fusione!

CIPO-LINE

Il nostro mitico pullman da trasferta. È un vecchio autobus dell'Atm finito in pensione, che il papà di Tommi, autista della linea 54, è riuscito a recuperare. Noi lo abbiamo rimodernato con le bombolette spray, dipingendolo con scritte, cipolle e tutti i trofei vinti. Sara e Lara, le artiste della squadra, hanno diretto i lavori e Violette ci ha dato il suo prestigioso contributo.

Il pilota ufficiale è Augusto, che guida la Cipo-line fin dai tempi della nostra prima storica trasferta, diretti verso il campo della Dinamo Blu.

CIPO-OK

È il nostro saluto, inventato dalle gemelle. Per farlo teniamo il pugno chiuso perché noi siamo uniti come le cinque dita, strette strette, e solleviamo il pollice in segno di ok, perché per noi va sempre tutto bene: ci divertiamo e quindi non perdiamo mai!

CIPOLLINE

Siamo noi! La squadra è nata da un'idea di Gaston Champignon. Tommi è stato il primo giocatore scelto, poi sono arrivati Dante, Spillo e tutti gli altri.

Il nostro Maracanà è il campo dell'oratorio Giovanni XXIII di Milano. Nella nostra carriera abbiamo vinto un campionato a sette, uno a undici, la Forchetta d'Oro, la Coppa del Fair play e il Mondialino. Dopo la fusione con l'Akkademia Blu siamo diventati i Cipo-K.

Il nostro nome deriva da quello della squadra in cui giocava il piccolo Diego Maradona, diventato poi il più forte calciatore al mondo. Anche lui alla nostra età faceva parte delle Cipolline. E siccome il nostro allenatore è un cuoco, ci sembrava che il nome di un ortaggio fosse proprio quello giusto.

CIPOLLONI

È il nome della squadra formata dai nostri genitori e da altri adulti, che ci hanno sfidato in un'indimenticabile partita all'oratorio Giovanni XXIII.

Non avremmo mai pensato di prendere dei gol da Daniela e Lucia e addirittura di perdere… Il guaio è che i Cipolloni avevano in campo un ottimo stratega come Champignon e un super portiere come Augusto. Cipolloni-Cipolline: 4-2.

CIRO

Ciro De Santis è nato a Napoli. Suo papà Giuseppe

è elettricista, mentre sua mamma Barbara lavora al supermercato. Lo chiamiamo Ciro-Ciraffa perché è molto alto, come tutti del resto nella sua famiglia.

Prima giocava a pallacanestro, seguendo l'esempio del papà e del fratello. Ma la sua grande passione è sempre stata il calcio e perciò, quando ha visto le prime Cipolline allenarsi ai giardinetti di via Pitteri, ha accettato con entusiasmo il nostro invito a unirsi alla squadra.

È stato il nostro jolly perché, essendo bravo a usare le mani, ha potuto giocare anche in porta, anche se non gli piaceva molto. Forte di testa, sfrutta la sua statura sia in difesa che in attacco. Con altre Cipolline è passato ai 10&Lodi.

Suona la chitarra nel gruppo degli Skeletron. Il suo sogno è diventare un cantautore famoso e incidere molti dischi.

CITTÀ PROIBITA

È l'immenso palazzo di Pechino, che per secoli ha ospitato gli imperatori cinesi. Si chiamava così perché nessun estraneo poteva entrarci, mentre oggi, per nostra fortuna, è possibile visitarlo.

È una vera meraviglia: una piccola città composta da ottocento edifici, novecento stanze, giardini e templi…

Chen ci ha guidati alla sua scoperta e ci ha raccontato alcune storie molto interessanti. Per esempio che il nove era riservato all'imperatore. Quindi Tommi, il nostro numero 9, è l'imperatore delle Cipolline…

CIUFFO

Quando abbiamo vinto alla lotteria, abbiamo deciso di usare il premio per pagarci il viaggio in Cina.

Pavel e Igor, che non sono venuti, hanno speso la loro parte per acquistare un pony che stava per fare una brutta fine. Infatti, per colpa di un infortunio alla gamba, il cavallino non poteva più gareggiare e la sua scuderia aveva deciso di venderlo al macello. Per fortuna Antonello, il papà dei gemelli, lo ha saputo in tempo e gli ha salvato la vita.

Poi lo ha affidato al contadino Camillo che lo ha curato e guarito nella sua fattoria al Forlanini.

I due ragazzi lo hanno chiamato Ciuffo perché sugli occhi gli cade una ciocca della sua folta criniera bionda.

CLEMENTINA

È la cugina di Tommi, che si è trasferita dalla Sicilia per studiare all'università di Milano.

Vuole diventare giornalista. È molto carina, intelligente e gentile, e per questo non riusciamo ancora a capire come abbia fatto a innamorarsi del fratello di Loris, Sabatino. Come si dice: l'amore è cieco…

CLEMENTINA

CLOONEY

George Clooney è un attore americano che, secondo le nostre mamme, è molto affascinante.

Quando alla televisione fa la pubblicità del caffè in genere sospirano come fa Tommi quando vede Egle. Lo abbiamo incontrato a Bellagio, sul lago di Como, durante la gita in occasione del Mondialino. Violette, che ha conosciuto l'attore a Los Angeles, lo ha presentato alle sue amiche, che sembravano emozionate come noi quando abbiamo conosciuto Messi, Kakà o Gattuso. In realtà Donato sostiene di essere molto più bello di lui…

COLETTE

È l'amica del cuore di Violette e le ha fatto da testimone al suo matrimonio con Augusto.

Esuberante e spiritosa, Colette insegna musica e suona benissimo il sax. Sognava una carriera da musicista, ora si diverte a far crescere i sogni dei suoi piccoli allievi. È molto simpatica, con le sue guance pienotte e la sua immancabile salopette di jeans.

COLETTE

COLOSSEO

Nel famoso anfiteatro di Roma un tempo combattevano i gladiatori. Lo abbiamo visitato durante la nostra vacanza nella capitale. Spillo ha fatto finta di combattere con Aiuto e lo scheletro ci ha rimesso un osso della mano. Meno male che poi lo abbiamo recuperato...

COVERCIANO

È il quartiere di Firenze dove siamo stati in occasione della Coppa del Fair play. Si trova ai piedi della collina di Fiesole, a pochi passi dal campo di allenamento della Nazionale azzurra.

Noi Cipolline ne abbiamo approfittato e siamo andati a conoscere alcuni dei nostri giocatori preferiti: è stata un'esperienza fantastica!

CSDNPM

Sembra una parola impronunciabile o una targa automobilistica. In realtà sono le iniziali del nostro motto: *Chi Si Diverte Non Perde Mai.*

Le gemelle l'hanno scritto sulla moto di Issa come portafortuna.

CUCCHIAIO

Nel calcio il cucchiaio non serve per mangiare la

minestra, ma per scavalcare un portiere o un avversario. Bisogna colpire il pallone nella parte inferiore, scavando quasi la palla con la punta. Non a caso, a Roma questa mossa è chiamata anche "scavetto".

Se colpita nel modo giusto e con la giusta forza, la palla disegna una curva nell'aria e ricade dolcemente in rete.

Francesco Totti, il fuoriclasse della Roma, è un vero maestro del cucchiaio, che usa spesso per calciare i rigori. Quando siamo andati a trovarlo a Trigoria, dove si allena, ne ha calciato uno tutto per noi!

Anche il nostro Tommi è uno specialista di questa tecnica ma, nella finale del Torneo delle Regioni contro i Lupacchiotti, l'ha sbagliato proprio nel rigore decisivo. Però a noi non importa: i più grandi osano le grandi cose.

CURLING

È simile al gioco delle bocce, praticato però sul ghiaccio. Al posto delle bocce si usano delle pietre, e l'obiettivo è farle arrivare il più possibile vicino al centro di un bersaglio. La cosa più curiosa di questo sport è l'uso delle scope. Spazzando velocemente il ghiaccio prima del passaggio della pietra, lo si scalda un po' e lo si rende così più liscio per aumentare la velocità del tiro.

Durante la settimana bianca a Picco Candido abbiamo disputato una sfida di curling Cipolline-Cipolloni. Ma i Cipolloni ci hanno sconfitto un'altra volta...

D

10&LODI

Dopo la fusione tra Cipolline e Akkademia Blu, si è creata un po' di confusione: eravamo così tanti giocatori che in campo non c'era posto per tutti! Per questo Achille, Pavel, Saverio, Joao, Lara, Ciro e Beppe hanno lasciato i Cipo-K e sono andati a giocare nella squadra di mister Fontana. Ma tra di noi è tutto come prima: giocare contro non significa smettere di essere amici!

DAMIAO

DAMIAO

È il giovane allenatore dei ragazzi del Flamengo. Ha la pelle scura, capelli ricci e un sorriso simpatico.

Quando siamo stati a Rio de Janeiro è stato molto gentile con Tommi: infatti il nostro capitano ha preso il posto di Rogeiro, che si era infortunato alla caviglia, e ha giocato nel mitico stadio Maracanà. Dopo un primo tempo sofferto, Tommi ha dato spettacolo e siamo stati tutti molto orgogliosi di lui.

DANIELA

È la mamma di Sara e Lara. Fa l'avvocato, ed è sempre elegante e ben pettinata.

All'inizio non capiva come le figlie potessero divertirsi a scivolare nel fango per intercettare una palla, ma poi è diventata una delle tifose più sfegatate delle Cipolline.

Nella sfida Cipolloni-Cipolline ha giocato in coppia con la mamma di Tommi nel ruolo di difensore. Dato che era un po' impacciata, Champignon ha usato un trucco e le ha urlato: «Deborah!». E così lei, pensando alla smorfiosa segretaria di suo marito, ha calciato il pallone con grinta. Risultato: gol!

DANTE

Dante Zoncolan è nato a Verona. Suo papà Taddeo è professore di matematica, mentre sua mamma Giuditta è una professoressa di scienze.

Lo chiamiamo Cervellone perché ama studiare

quasi quanto giocare a calcio. Adora gli scacchi e le sue materie preferite sono storia e astronomia (ha addirittura un telescopio in camera). Da grande vorrebbe fare l'astronauta.

Non ha un fisico da grande atleta, ma fin dall'inizio si è messo a studiare le regole e i trucchi del calcio da vero secchione e oggi è un numero 10 con i fiocchi. La sua specialità sono i lanci lunghi e precisi e le punizioni "alla Andrea Pirlo".

A volte lo chiamiamo Pulce, perché è piccolo come Messi, oppure Dantinho, perché per servire assist agli attaccanti si ispira allo stile del brasiliano Ronaldinho.

DE NOTARIS

Una volta Joao, al telefono, mettendosi una molletta sul naso, ha fatto finta di essere l'avvocato De Notaris. Lo scherzo è stato organizzato da alcune Cipolline per impedire a Jerome Champignon di assistere alla nostra partita. Joao-De Notaris, infatti, ha prenotato un pranzo al *Petali in pentola* proprio in quell'orario e così Jerome, che sostituiva il fratello Gaston, è dovuto rimanere a cucinare.

Non siamo di certo orgogliosi per esserci comportati

così, ma lo scherzo è servito anche a Jerome per capire che era stato troppo duro con noi. Da quel momento in poi, infatti, i nostri rapporti sono migliorati.

DEBORAH

È il capitano numero 8 dei Fiocchi di Bormio, una squadra che è abituata a giocare sulla neve.

Deborah non usa i tacchetti, ma sfrutta il suo grande equilibrio per volare letteralmente sulle sue suole lisce.

In questo modo ci ha messo in grande difficoltà in partita e ci ha fatto gol. A Bormio, infatti, nel campionato a undici, abbiamo pareggiato 2-2.

DEMETRIO

Il signor Demetrio è l'organizzatore del Mondialino che si è svolto sul lago di Como. È un ometto simpatico e un po' buffo, con la testa pelata e due baffoni all'insù.

DIAVOLI ROSSI

Accademia Blu-Diavoli Rossi era la grande sfida prima che nascessero le Cipolline: la squadra di Tommi e Loris era da sempre la grande rivale di quella di Giordano, fortissimo numero 5, poi passato al Milan.

I Diavoli Rossi sono diventati i nostri principali avversari nel primo campionato a sette. In quell'occasione li abbiamo superati in classifica con un solo preziosissimo punto, che ci ha permesso di disputare la finalissima contro l'Accademia Blu.

Il numero 10 dei Diavoli Rossi era Bruno, che poi è diventato una colonna delle Cipolline.

DIDGERIDOO

Strumento a fiato tipico dell'Australia. È un lungo

tubo di legno da cui esce un suono cupo e prolungato. Suonarlo è molto più difficile di quel che sembra, perché bisogna conoscere bene la tecnica della respirazione circolare: si soffia senza pause, incamerando aria solo dal naso.

Wollo, il bravo portiere dell'Oceania che ha partecipato al Mondialino, lo sapeva suonare benissimo e, in cambio di alcuni consigli su come parare, l'ha insegnato al suo amico Gatto.

DIDIER

Lo abbiamo conosciuto a Parigi. È un ex portiere dai capelli rossi, che non ha mai smesso di lavorare con le mani. Infatti muove con grande abilità le

DIDIER

marionette nel teatrino del Jardin du Luxembourg, un parco nel centro della città. È stato lui a dare lavoro a Marius, lo zio di Becan di cui parliamo alla lettera "M".

DINAMO BLU

È una squadra molto forte, che abbiamo affrontato nel campionato a sette.

Nel girone di ritorno, Carlino, il cane di Egle, è entrato in campo e ha deviato la pallonata di Tommi che ci avrebbe portato alla vittoria. Ve lo ricordate? Tommi di certo non l'ha dimenticato...

DINAMO BRIANZA

È la squadra di Merate, in provincia di Lecco, che abbiamo affrontato nel campionato regionale. I suoi giocatori indossavano maglia e calzettoni gialli e calzoncini azzurri. Pietro, il loro capitano, ci ha dato parecchio filo da torcere.

DIOUFF

Attaccante velocissimo di origine africana. Era il

numero 99 dei Leoni d'Africa, poi è passato ai Kappa. Con la fusione è diventato un Cipo-K.

Ha sempre voglia di scherzare e, a volte, con il gesso che si usa per le linee laterali del campo, si pittura la faccia come un indiano e si lancia all'attacco...

DON CALLISTO

Il don è uno dei nostri tifosi più appassionati. Anche se è un po' sordo, ha il raffreddore dodici mesi all'anno e non è più molto giovane, il nostro parroco ha energia da vendere. Sotto la sua guida, l'oratorio Giovanni XXIII funziona meglio di un orologio svizzero.

DON CALLISTO

DONATO

È il papà di Tommi, autista della linea 54 e suonatore di

piatti nella banda dei tranvieri. Non perde mai occasione per fare una battuta, facendo vergognare sua moglie Lucia. È un vero maestro di barzellette. Altre sue passioni sono la musica classica e il modellismo (anche se spesso i suoi delicati velieri vengono affondati dalle pallonate di Tommi...).

Sotto la maschera del burlone si nasconde un marito molto romantico, innamorato cotto di Lucia. Lo ha dimostrato facendosi ritirare la patente e sospendere dal lavoro per gelosia quando pensava che la moglie lo tradisse, mentre in realtà gli stava organizzando un regalo a sorpresa...

DUCCIO

Da noi detto anche il Bisonte, perché è un difensore robusto che randella parecchio...

Quando era un Kappa, era il primo ad appoggiare gli scherzi che ci faceva Loris: era veramente insopportabile. E in più, si metteva le dita nel naso anche durante la partita, appiccicando le caccole sulla maglietta degli attaccanti. Dopo che è diventato un Cipo-K, le cose sono migliorate. Per noi, non per i nostri avversari...

DUDU

È un ragazzo di origine africana, alto e con le treccine, fortissimo tecnicamente. Era compagno di squadra di Tommi all'Inter, dove giocava come attaccante con il numero 9. I due gareggiavano a chi segnava più gol.

E

EGLE

È la ballerina che fa battere forte il cuore di Tommi e studia danza nella scuola di Sofia Champignon. Suo papà fa l'ingegnere e quando si è trasferito in Cina per lavoro anche lei è andata per un po' a vivere a Pechino.

Ha un bel caratterino... Infatti litiga ogni cinque minuti con il capitano per questioni di carattere, ma soprattutto di gelosia, perché Tommi piace anche ad Arancha e Gigia. Ma non è che il capitano sia meno geloso, visto che la ballerina trova sempre molti ammiratori: Titì, il Falco, Germano, Angelo, Rogeiro...

Insomma, come dice Spillo: con Tommi ed Egle il divertimento è assicurato! Ma nonostante le discussioni, si vogliono un bene dell'altro mondo e sono indubbiamente la coppia più affiatata delle Cipolline.

ELVIRA

Era il capitano delle Rosa Shocking, fortissima come difensore centrale. La sua specialità è l'intervento in anticipo. Ha piedi da centrocampista, per cui è brava anche a impostare l'azione.

È entrata nelle Cipolline da quando siamo passati al campionato a undici: una tigre in più per la nostra difesa, una tigre dalla lunga treccia nera...

Ha l'hobby della fotografia: il suo sogno è lavorare per una rivista di viaggi, fotografando i posti più belli del mondo. Pavel e Igor la trovano molto carina e più di una volta hanno litigato per lei. Il guaio è che Elvira non ha una gemella...

ELVIS

Il papà di Becan, albanese, lavora al *Petali in pentola*.

Quando era giovane è stato una buona ala destra: lo chiamavano il Mago perché faceva dribbling prodigiosi e, purtroppo per noi, ce ne ha dato prova nella sfida Cipolloni-Cipolline.

ELVIS

ESERCIZIO AREA-VUOTA O PORTA-PIENA

Si tratta dello stesso esercizio,

che può servire sia ai difensori, sia agli attaccanti. Si riempie l'area di rigore di palloni e, al fischio dell'allenatore, si può scegliere se buttarli tutti in rete o spazzarli via dall'area.

Gaston Champignon, che ama il gioco d'attacco, ce lo fa sempre fare per riempire la rete di gol, mentre suo fratello Jerome, che ama il gioco difensivo, lo usa principalmente per allenare i difensori.

ESERCIZIO DEI FAZZOLETTI

Ci si infila un fazzoletto o un tovagliolo nei calzoncini, in modo che penda come una coda dietro la schiena.

E poi ci si affronta, a due a due: vince chi riesce a strapparlo per primo al suo avversario.

Questo esercizio insegna a cogliere l'attimo giusto per intervenire, come dovrebbero fare i difensori in partita. Quando affronti un avversario, infatti, non devi andargli addosso subito, ma devi calcolare il momento adatto per rubargli la palla. Magari quando se l'allunga un po'...

Tra di noi, le più brave in questo gioco sono le gemelle, davvero imbattibili.

ESERCIZIO DEI PALLONI SEMINATI

Questo gioco è una variante di quello precedente. Attaccanti e difensori corrono all'interno dello stesso quadrato, seguendo Gaston Champignon che si aggira in bici con un sacco in spalla. Ogni tanto fa cadere un pallone dal sacco e subito gli attaccanti si avventano per fare gol, mentre i difensori cercano di fermarli.

ESERCIZIO DEI PIEDI BIANCHI

Gaston Champignon si è inventato questo gioco quando siamo passati dal campo a sette a quello a undici.

Prima di cominciare a giocare ci ha fatto immergere le scarpe in un secchio di gesso. Alla fine della partitella ci ha dimostrato che avevamo lasciato moltissime impronte al centro del campo, mentre accanto alle linee laterali ce n'erano pochissime.

Questo è un grave errore, perché su un campo così grande è importantissimo occupare ogni zona, altrimenti gli avversari s'infilano e arrivano facilmente in porta.

ESERCIZIO DEI PIRATI

Questo esercizio molto divertente serve soprattutto ai centrocampisti e alle ali, che devono correre con il pallone il più possibile incollato al piede. È risaputo, infatti, che più lo tieni lontano, più sarà facile per gli avversari soffiartelo sotto il naso.

Si gioca così: Dante parte con la palla e s'infila nel corridoio dei pirati (cinque giocatori in fila da un lato, cinque dall'altro), tutti con un pallone a disposizione. I pirati devono calciare e cercare di colpire la palla del numero 10 per impedirgli di proseguire. Dante, perciò, deve controllare il pallone con un occhio e con l'altro osservare da dove arriva il pericolo. Per esempio, se la pallonata arriva da destra, dovrà proteggere il suo pallone facendo scudo con il piede.

Se arriva in fondo al corridoio con la palla ancora tra i piedi, ha vinto lui; in caso contrario, vincono i pirati.

ESERCIZIO DEL FIORE

Abbiamo imparato questo esercizio studiando gli allenamenti del Barcellona del mitico Messi.

Ci si tiene per mano in quattro o cinque e ci si sposta palleggiando il pallone all'interno del cerchio, senza farlo cadere.

Oltre ad allenare il tocco di palla, l'esercizio fa bene allo spirito di squadra. Il perché ormai lo sapete a memoria: noi non siamo petali divisi, ma un fiore solo!

ESERCIZIO DEL MURO

Le gemelle ed Elvira devono cercare di costruire un muro sulla linea di porta, accatastando due file di quattro scatoloni. Spillo cerca di proteggerlo dalle pallonate che Tommi, Rafa, Diouff e Loris scagliano al limite dell'area.

Se entro cinque minuti il muro viene completato,

hanno vinto i difensori. Se non ci riescono, vincono gli attaccanti che hanno bombardato gli scatoloni.

ESERCIZIO DEL RUGBY

Augusto fa rimbalzare un pallone da rugby davanti a Spillo e al Gatto, e i due portieri lo devono bloccare prima che tocchi terra. Come sai, il pallone da rugby è ovale e rimbalza in modo imprevedibile. Perciò è un ottimo esercizio per allenare il colpo d'occhio.

I portieri devono essere rapidissimi a intuire la direzione del rimbalzo e a buttarsi sul pallone.

ESERCIZIO DEL TEGAMINO

È un esercizio studiato da Gaston Champignon apposta per Dante: il numero 10 deve correre con la palla al piede e un tegamino sulla testa. È costretto a tenere la testa alta, perché se abbassa troppo lo sguardo il tegamino gli scivola giù.

Un grande numero 10, infatti, deve saper controllare il pallone senza guardarlo, visto che gli occhi gli servono per vedere dove sono piazzati i compagni e studiare il passaggio giusto da fare.

ESERCIZIO DEL TENNIS

Questo spettacolare esercizio è un'idea del Gatto, con la partecipazione speciale delle gemelle: mentre Sara e Lara, ottime tenniste, scagliano con la racchetta le palline verso la porta, il Gatto deve volare da un palo all'altro per intercettarne il più possibile.

ESERCIZIO DELLA BICI-ZUCCA

In questo esercizio Augusto gira per il campo in bici, trascinando una pentola che contiene una zucca. Le due squadre devono cercare di colpirla molte volte, poiché ogni pallone che la tocca è considerato un gol.

È molto utile perché ti allena a tenere sempre d'occhio il bersaglio, anche quando hai la palla tra i piedi che ti distrae.

ESERCIZIO DELLA CANDELA

È un esercizio di mira che Champignon inventò per restituire fiducia a Dante, che si era abbacchiato per le difficoltà incontrate sul campo grande. L'obiettivo è centrare una candela fissata con la cera sul retro di un pentolone, calciando la palla da lontano.

Il nostro numero 10 riuscì in quell'occasione a spegnere la fiamma addirittura senza toccare la candela. Il suo tiro preciso e potente passò infatti a un millimetro dal fuoco, spegnendolo con un soffio. Mitico Dante!

ESERCIZIO DELLA FARINA

I difensori immergono le mani in un secchio di farina e, durante la partita, oltre a rubare la palla agli attaccanti, devono cercare di lasciare le impronte sulle casacchine nere degli avversari. L'attaccante che alla fine del gioco avrà meno farina addosso sarà stato il più bravo, perché vuol dire che è riuscito a dribblare i difensori e a tenerli lontani.

ESERCIZIO DELLA PORTA AMBULANTE

Come l'esercizio della bici-zucca, anche questo insegna a tenere un occhio sul pallone che stai calciando e uno al bersaglio che devi colpire. Infatti, Champignon e Augusto si aggirano per il campo reggendo un bastone sulle spalle. Il gioco consiste nel fare gol in questa porta che si muove.

Naturalmente il cuoco-allenatore e l'autista della Cipo-line si augurano che nessun tiro troppo forte colpisca i due pali...

ESERCIZIO DELLA PRINCIPESSA NEL CASTELLO

Si mette una zucca all'interno di un piccolo quadrato delimitato da quattro pentole. Questo spazio è il castello, mentre la zucca è la principessa.

Per liberarla, gli attaccanti la devono colpire con una pallonata, scartando i difensori che cercano di tenerla prigioniera.

ESERCIZIO DELLA SPADA

Come l'esercizio dei fazzoletti, questo della spada allena i riflessi dei difensori, che devono scegliere il momento giusto per rubare la palla all'avversario. Ma serve anche agli attaccanti, che si allenano a evitare le entrate dei difensori.

Si gioca così: l'attaccante si lega alle caviglie un paio di palloncini gonfiabili, mentre il difensore cerca di scoppiarglieli con una spada di plastica. L'attaccante salta e cerca di dribblare la spada, il difensore aspetta il momento buono per colpire, quando l'avversario ha i piedi a terra.

ESERCIZIO DELLE GOMME

Questo gioco allena l'agilità di ali e attaccanti, che devono imparare a saltare nell'area di rigore come gazzelle. Champignon dispone a terra alcuni pneumatici, metà dipinti di giallo, metà di rosso. Al suo fischio, Tommi scatta e comincia a saltellare da una gomma all'altra, a seconda del colore che il cuoco-allenatore urla: «Giallo!», «Rosso!», «Rosso!», «Giallo!».

È così che un attaccante allena i riflessi delle

gambe, perché in un'area piena di difensori deve riuscire a prendere le decisioni in meno di un secondo. Altrimenti gli soffiano il pallone.

ESERCIZIO DELLE PALLE COLORATE

Attaccanti e difensori corricchiano all'interno di un quadrato pieno di palloni di colori diversi. Su ogni lato c'è una porta. Appena il mister urla un colore, per esempio: «Verde!», gli attaccanti devono cercare di calciare in rete tutti i palloni verdi, mentre i difensori li devono spazzare fuori dal quadrato.

ESERCIZIO DELLE PENTOLE E DELLE POSATE

È un tipico esercizio di mira per i centravanti. Si legano pentolini e posate alla traversa e gli attaccanti devono colpirli calciando dal limite dell'area. Tommi è davvero imbattibile: è capace di centrare un cucchiaino da caffè all'incrocio dei pali!

ESERCIZIO DELLE SOMME

È un gioco divertentissimo. Ci leghiamo alla fronte

un cartellino con scritto un numero e, appena Gaston Champignon ne urla uno, ognuno cerca due compagni che, sommati a lui, diano quella cifra.

Per esempio, se l'allenatore grida: «15!», io che ho sulla fronte il 5 corro da Igor che ha il 3 e da Bruno che ha il 7. E ci abbracciamo: 7+3+5 fa 15. I primi che si uniscono realizzano un gol.

Anche questo esercizio allena i riflessi, perché in partita bisogna pensare alla velocità della luce. E poi, come ci ripete Champignon, un abbraccio fa sempre bene alla squadra.

ESERCIZIO DELLE TRE GAMBE

È uno dei giochi più divertenti inventati da Gaston Champignon. Ci si divide in coppie e ci si lega uno con l'altro alla caviglia: gamba destra contro gamba sinistra. In questo modo ci si trasforma in tanti mostri a tre gambe! Poi si gioca un piccolo torneo, mostro contro mostro.

L'esercizio è utile perché, per muoversi in due, ognuno non deve pensare solo a sé ma deve seguire anche i movimenti del compagno, altrimenti inciampa. Si allena così lo spirito di squadra.

Anche in partita ci si dovrebbe comportare così: muoversi in base ai movimenti dei compagni e non ognuno per conto suo. Perché siamo un fiore solo, non petali separati.

ESERCIZIO DELLE UOVA

In questo gioco bisogna stoppare le uova che ci lancia Champignon. Il segreto di un buono stop è il piede morbido: si deve andare incontro alla palla con la scarpa e poi, al contatto, tirarla indietro per accompagnarla a terra. Se tieni il piede rigido, il pallone ti rimbalza contro e si allontana. La stessa tecnica vale anche per lo stop di testa, che però è più difficile.

Il Niño è stato l'unico di noi a riuscirci: è saltato verso l'uovo lanciato dall'allenatore ed è tornato a terra con l'uovo intatto, in bilico sulla fronte. Visto che lo spagnolo era al suo primo allenamento, abbiamo capito subito che si trattava di un fenomeno.

A Tommi, invece, l'uovo è esploso in testa e si è fatto uno shampoo al tuorlo...

ETTORE

Il fratello di Achille sta pagando in prigione un errore commesso qualche anno fa. Ora ha capito di essersi comportato male, ma è preoccupato che il fratello minore possa ripetere i suoi sbagli. Da quando però Achille ha trovato amici veri come le Cipolline e i consigli di un uomo saggio come Champignon, è molto più tranquillo.

Una volta abbiamo giocato una partita contro di lui e i suoi amici nel carcere di Milano ed Ettore stava in porta. È finita in parità. Quel giorno Achille era molto felice, perché finalmente poteva passare un po' di tempo con il suo fratellone.

Come ci ha spiegato Dante, i loro nomi corrispondono a quelli di due eroi dell'antica Grecia.

EVA

È la dea delle tisane che gestisce il *Paradiso di Gaston*. È una bellissima ragazza arrivata da una cittadina della Repubblica ceca di nome Plzen, famosa per la produzione della birra e per il portiere Cech.

Ama i fiori e le piante fin da quando era bambina. Nonno Radek le ha insegnato le virtù e i segreti delle erbe, e lei ha continuato a studiarli all'università.

Insomma, Gaston Champignon non poteva trovare una persona migliore a cui affidare il locale che ha aperto accanto al *Petali in pentola*.

EVA

EGLE E IL CASO AIUTO

Tommi e Dante si stanno sfidando a Ziao, il mitico gioco di carte delle Cipolline, su una panchina dell'oratorio Giovanni XXIII.

– Che ne dici di questa azione? – chiede il capitano calando tre carte. – Difensore, centrocampista e attaccante: gran tiro a rete!

– Non male. Peccato che io abbia il portiere... – risponde il numero 10.

– Te ne serve un altro, però – rilancia Tommi. – Ala e attaccante: altro tiro. Ti sto assediando, cervellone...

– Bravo, ma dovresti stare più attento al contropiede – lo avverte Dante. – Infatti ti paro il tiro con un altro portiere e poi rilancio con ala e attaccante. E siccome non ti sono rimaste carte in mano, credo proprio di averti fatto gol: 1-0 per me!

– Ti ha fregato, capitano... – commenta Ciro, ridacchiando.

Tommi pesca allora cinque carte dal mazzo con propositi di rivincita.

– Guardate, abbiamo visite – avverte Joao.

– Strane visite, direi... – precisa Becan.

Dal cancello dell'oratorio, infatti, entrano Egle e alcune sue compagne di danza che stanno spingendo un carrello del supermercato. All'interno c'è lo scheletro Aiuto.

– Ciao, Egle – saluta Tommi. – Come mai da queste parti?

– Siamo venute a riportarvi il vostro amico tutto ossa – risponde la ballerina.

– Come mai? – chiede il capitano. – Pensavo che doveste preparare un saggio speciale e che Aiuto vi avrebbe fatto comodo...

– Infatti – conferma Tiziana, un'altra allieva di Sofia Champignon. – Lo scheletro non ci serve solo durante le prove, come al solito: questa volta dovrà anche apparire in scena, perché il balletto si intitola *Danza al camposanto*.

– Per la precisione, con lo scheletro dovrò ballare io – spiega Egle.

– E allora perché ce lo riportate indietro? – domanda Dante.

– E appena lo abbiamo portato in spogliatoio, ha smesso di uscire l'acqua calda e abbiamo dovuto fare la doccia fredda... – aggiunge Elena.

E secondo voi è colpa di Aiuto? – chiede Dante.

– Certo! – esclama Tiziana. – Attira la sfortuna come un parafulmine...

– Secondo me, invece, è colpa vostra che non riuscite a stare in piedi – obbietta Spillo. – Se invece di camminare sulle punte provaste a mettere a terra anche il tallone come tutti gli esseri umani, non fareste tanti ruzzoloni e non ve la prendereste con un povero scheletro.

Le Cipolline ridacchiano di gusto. Tutte tranne Tommi, che sente gli occhi di Egle addosso e preferisce evitare discussioni...

– L'importante è che non ti metti tu sulle punte, altrimenti se cadi, con il tuo peso, sentono il terremoto fino in India... – ribatte seccata Tiziana, alta e magra come una scopa.

Stavolta sono le ragazze a scoppiare a ridere.

– Comunque, se voi siete così sicuri che Aiuto non c'entra, potete usarlo per i vostri allenamenti – conclude Cristina. – Noi ve lo lasciamo volentieri.

– Lo faremo di sicuro – promette Tommi. – Aiuto è molto più di uno scheletro, è un vero amico, che non si è mai perso una nostra partita. Ha preso freddo, pioggia e neve per noi. E se abbiamo vinto così tante volte, significa che non porta sfortuna...

– Però ti sei rotto un piede – aggiunge Egle.

– Me lo sono rotto perché quel bisonte di Vlado mi ha fatto un fallo da macellaio! Non è stata certo colpa di Aiuto – ribatte il capitano. – Davvero avresti paura a ballare con lui al saggio?

Tutti osservano Egle che sembra in difficoltà.

– No... – risponde la ballerina. – Ma la maggioranza di noi ha deciso di sostituirlo con un altro scheletro.

– E dove pensate di trovarlo? – chiede Becan.

– La signora Sofia conosce un negozio dove vendono costumi di scena e oggetti da teatro – spiega Egle. – Lo ha già ordinato, domani dovrebbero consegnarcelo.

– Fate come volete – conclude Tommi. – Noi non tradiamo gli amici. Aiuto resterà qui durante gli allenamenti e, a turno, ce lo porteremo a casa, così non dormirà da solo. Noi alla sfortuna non ci crediamo: è solo la scusa dei perdenti.

– Ben detto, capitano – approva Sara.

Spillo prende lo scheletro dal carrello della spesa e se lo carica in spalla.

Egle e le sue amiche si allontanano senza salutare.

Il pomeriggio seguente le Cipolline portano in campo Aiuto per gli allenamenti.

Su suggerimento di Gaston Champignon, lo mettono al centro dell'area di rigore, in posizione di centravanti, appeso all'attaccapanni del bar dell'oratorio.

– Ora alleniamo la precisione dei cross e delle conclusioni al volo – spiega il cuoco-allenatore. – Ci dividiamo in tre file: una farà i cross da destra, una da sinistra, mentre la terza fila, quella degli attaccanti, dovrà entrare in area, raccogliere i cross e cercare di fare gol. Spillo e il Gatto si alterneranno in porta. La sfida è tra i crossatori di destra, capitanati da Becan, e quelli di sinistra, guidati da Joao: ogni cross che procurerà un gol vi porterà un punto. Ma attenzione: chi riuscirà a mettere la palla sul teschio di Aiuto, a servirgli cioè un cross perfetto, guadagnerà dieci punti!

La sfida comincia.

Saverio parte velocissimo da destra, arriva alla bandierina, scodella una parabola precisa che Rafa colpisce al volo e manda in rete a fil di palo.

– *Superbe!* – esclama Champignon. – 1-0 per i crossatori di destra!

Lara avanza da sinistra, controlla la posizione di Tommi che sta entrando in area e prova a raggiungerlo con un cross un po' troppo basso. Il capitano deve lanciarsi in tuffo per poter colpire la palla di testa. Spillo scatta come una molla e riesce a bloccarla.

Poi parte Becan, che crossa per Pavel. Il gemello stoppa di petto e, prima che la palla tocchi terra, la colpisce al volo in mezza rovesciata. Il Gatto vola, ma è battuto.

– *Superbe!* – urla ancora Champignon. – Altro

punto per i crossatori di destra. Forza mancini, o i vostri avversari vi staccano!

– Goool! – urlano in coro le Cipolline, correndo ad abbracciare lo scheletro, come se avesse segnato la rete decisiva nella finale del campionato. Solo Dante si accorge che Spillo è rimasto a terra dolorante…

– Cosa ti è successo? – gli chiede Sara, allarmata.

– Ho sbattuto con il dito teso contro il palo e mi sa che l'ho stortato – spiega il numero 1 con una smorfia. – Mi fa un male cane...

Le Cipolline si guardano imbarazzate.

Solo Ciro ha il coraggio di dire ciò che molti hanno pensato: – Forse le ballerine avevano ragione...

– Non ricominceremo mica con la storia delle maledizioni? Pensavo che lo avessimo imparato una volta per tutte a Parigi, con il libro di Napoleone: sono solo sciocchezze! – esclama spazientito Tommi.

– Capitano, lo sai che io, da buon napoletano, sono molto superstizioso – si giustifica Ciro. – E poi devi ammettere che queste coincidenze sono curiose: prima le ballerine che s'infortunano e ora Spillo che si fa male...

– Non è colpa di Aiuto se ho sbattuto la mano contro il palo! – ribatte Spillo. – Poteva accadermi con un colpo di testa di Rafa o di Tommi. Io a queste cose non ci credo. E, per dimostrarvelo, stasera lo porto a casa mia.

Dopo cena, il capitano riceve una telefonata di Egle.

– Ciao, Tommi. Volevo dirti che mi dispiace per la discussione di ieri. Non volevo farti arrabbiare.

– Non mi sono arrabbiato, – spiega Tommi – ci sono

solo rimasto male per Aiuto. In tutti questi anni vi ha aiutato a imparare tanti passi e, se siete brave, è anche merito suo: è ingiusto scaricarlo solo per qualche coincidenza. Io non lo farei mai con un amico...

– Hai ragione, ma anche le ballerine sono mie amiche – risponde Egle. – Se si sentono più tranquille senza Aiuto, non devo tenerne conto?

Il capitano non sa cosa rispondere. Capisce che anche Egle ha le sue buone ragioni e che rinunciare ad Aiuto non è stato così semplice per lei.

– Com'è il nuovo scheletro? – chiede Tommi. – Balla bene come Aiuto?

– No, ed è molto meno simpatico... – risponde la ballerina, sorridendo. – Verrai lo stesso a vedere il saggio?

– Certo – risponde il capitano. – Mi sono già assicurato due posti in prima fila, per me e per un mio caro amico...

Terminata la telefonata, Tommi chiama Spillo per sapere come sta la mano infortunata.

– Il dito si è gonfiato un po', ma mi fa meno male. Tutto bene... – spiega il portiere con una voce strana.

Il capitano se ne accorge e domanda: – C'è qualcosa che non va, Spillo?

– No... cioè, sì... – farfuglia il numero 1. – Sai che io a certe cose non ci credo, però stasera ho preso l'ascensore insieme ad Aiuto e si è bloccato di colpo...

– Sarà meglio non dirlo agli altri – propone Tommi.

– Sì, meglio – concorda Spillo.

Eccoci alla grande sera del saggio di danza.

Il Teatro dei Martinitt è pieno zeppo di spettatori. Le Cipolline sono in prima fila: al fianco di Tommi, elegantissimo in giacca e cravatta, siede Aiuto, in frac, camicia bianca e farfallino.

Quando si spengono le luci, il sipario si alza. Le ballerine, vestite di bianco, entrano in scena danzando tra le tombe di un piccolo cimitero di campagna.

Poi, al cambio di musica, irrompe Egle, in tutù nero.

– Ma non doveva ballare con uno scheletro? – chiede Sara.

– Boh... – risponde Tommi, sorpreso ed emozionato.

All'improvviso la ballerina, con un balzo elegante, salta giù dal palco e atterra davanti alle poltroncine. Sorride a Tommi e risale sul palco con Aiuto, mentre il pubblico applaude calorosamente il colpo di scena. E ancora più calorosamente applaude dopo il bellissimo balletto di Egle con lo scheletro in frac.

Lo spettacolo riscuote un grande successo.

Tutto è filato liscio e nessuno si è fatto male.

Appena le ballerine tornano in scena per gli applausi finali, Tommi sale sul palco e, acclamato dalle Cipolline, tutte in piedi, consegna una rosa a Egle.

Tutto il teatro scoppia a ridere.

– Lo dicevo io che quel tipo porta male... – commenta Ciro.

F

FABIO

È il papà di Elvira. Durante la settimana bianca a Picco Candido ha portato alcuni di noi a fare snowboard. In un giorno di nebbia, però, ha perso di vista Issa, il Gatto e Spillo che erano andati in un'altra direzione, e si è preso un bello spavento. I nostri amici hanno corso una brutta avventura... Per fortuna Issa è riuscito a tirarli fuori dai pasticci.

FABIO

FALCO

Il suo vero nome è Timothy Falck, ma viene chiamato da tutti il Falco.

È un ragazzone di Los Angeles che abbiamo conosciuto a Pechino, amico di Egle. Naturalmente a Tommi non sta simpaticissimo...

È bravo a giocare a football americano, ma lui e i suoi amici hanno voluto comunque sfidarci in una partita a calcio. Risultato: siamo molto meglio noi italiani...

FARFAN

Ala destra velocissima, originaria del Camerun, ci ha messo in grande difficoltà nella finalissima del nostro secondo campionato a sette. Sara ha sudato molte camicie nel tentativo di fermarlo.

Lo chiamano la Freccia Nera: se lo vedi scattare, capisci perché.

FAVELA

La *favela* è un sobborgo poverissimo, spesso fatto di baracche di legno o di latta, che si trova ai margini delle grandi città brasiliane. Noi abbiamo visitato quella di Vila Cruzeiro, a Rio de Janeiro, dove abita Rogeiro e dove è cresciuto anche Adriano, il grande attaccante che ha giocato nell'Inter e nella Roma.

FEDERICO

È il fortissimo terzino sinistro dei Lupacchiotti di

Roma, che ci hanno sconfitti nella finale del Torneo delle Regioni.

FERRUCCIO

Il signor Ferruccio, amico di Augusto, ci ha accompagnati a visitare l'interessantissimo Museo del Calcio di Coverciano, vicino a Firenze. Abbiamo ammirato maglie, scarpe e foto di veri campioni del passato.

È stato un po' come vedere l'album di famiglia della Nazionale azzurra, che ha più di un secolo di vita.

FILIP

È il nonno di Becan, fa il pescatore e abita in un paesino dell'Albania affacciato sul mare, dove la nostra ala destra va sempre in vacanza.

FINTA DEL CANGURO

È un'invenzione di Joao, utile quando ti affrontano due avversari contemporaneamente. Si stringe la palla tra le caviglie e con un salto da canguro si passa in mezzo ai due, sollevando il pallone oltre le loro gambe.

FINTA DEL PINGUINO

È un'altra specialità di Joao, perché i brasiliani sono i grandi maestri delle finte e dei dribbling.

Si uniscono i piedi di scatto sotto la palla, che così si alza. Prima che arrivi a terra, la si colpisce al volo con un tocchetto che scavalca l'avversario che si ha di fronte. E poi si va veloci verso il gol!

FINTA DEL PONTE

Fingi di voler stoppare la palla che ti viene passata rasoterra da un compagno, e invece, all'ultimo, la lasci passare tra le gambe, come sotto un ponte.

Poi ti volti rapidissimo e scatti via con la palla al piede, piantando lì il difensore che resterà davvero a bocca aperta.

FINTA DEL PUPAZZO DI NEVE

L'ha usata Tommi nella partita contro l'Arcobaleno. Si fa così: si mette il piede sinistro sul pallone, si fa un giro su se stessi come per eseguire un passo di danza e si trascina il pallone con il piede destro, passando proprio in mezzo agli avversari. Una mossa vincente!

FINTA DEL SERPENTE E DELLA GAZZELLA

È un'invenzione di Nadira, la bravissima ala destra dell'Africa che abbiamo conosciuto al Mondialino sul lago di Como. L'ha inventata imitando gli animali della foresta: mette un piede sotto il pallone, come fa il serpente che si nasconde sotto il sasso, e, non appena il difensore allunga la gamba per rubarle la palla, lo solleva e con un agile balzo da gazzella scavalca la gamba tesa dell'avversario.

Nadira l'ha poi insegnata anche a Rafa.

FINTA STOP AND GO

Questa è la specialità di Becan: corre sulla fascia e stoppa la palla sotto al piede destro, fingendo di volersi fermare. Invece, appena si blocca anche il difensore, calcia subito la palla con il sinistro, prendendo in contropiede il marcatore che è costretto a rincorrerlo.

FINTA TAM-TAM

È la finta preferita di Joao, semplice ma efficace: si sposta la palla con un colpetto d'interno, poi con un colpo d'esterno dello stesso piede si cambia rapidamente direzione, ingannando il difensore che stava andando nella direzione opposta.

Il segreto di una buona finta "tam-tam" è la velocità d'esecuzione. Il piede deve essere rapidissimo a scavalcare la palla tra un tocco e l'altro e i due colpetti devono essere quasi attaccati: tam-tam! È per questo che si chiama così.

Alcuni la definiscono anche finta "bugia", perché si promette al difensore di andare a destra e invece si scappa a sinistra...

FIOCCHI DI BORMIO

Li abbiamo incontrati nel campionato regionale. Indossano una divisa arancione e non sono molto forti. Però, dato che vivono in montagna, sono bravissimi a giocare sulla neve: si scivola un sacco, ma loro ci hanno fatto l'abitudine. La cosa curiosa è che i loro tifosi, per incitarli, suonano i rumorosi campanacci che hanno le mucche al pascolo!

FIORI

I gerani sono i preferiti di don Callisto: ne tiene sempre alcuni vasi sui davanzali delle finestre dell'oratorio. Ma ogni tanto qualche pallonata li fa cadere, per la gioia del don...

I fiori sono anche l'ingrediente principale del menu del *Petali in pentola*. Gaston Champignon è un vero esperto: con rose, viole e primule riesce a cucinare piatti davvero prelibati. Ma, in realtà, il suo fiore più bello... siamo noi!

FIRENZE

Città incantevole, ricca di storia e di arte, che ci ha ospitati durante la Coppa del Fair play. Naturalmente quel cervellone di Dante ci ha raccontato mille cose, guidandoci attraverso musei e palazzi, compresa la casa natale del poeta suo omonimo.

FLAMENCO

È una danza tipica dell'Andalusia, una regione della Spagna, ed è portata in giro per il mondo dagli zingari.

Una volta, a Madrid, abbiamo assistito a uno spettacolo di flamenco, al termine del quale c'è stato un gustoso fuori programma: Augusto, che sa fare davvero di tutto, si è messo a danzare con una rosa tra i denti.

Ma ancora più divertente è stato quando il flamenco lo ha ballato Tommi sul terrazzo della casa di Rafa, con un fiore in bocca e le scarpe da calcio...

FLAMENGO

Maglia rossonera a strisce orizzontali, il Flamengo è la squadra più popolare di Rio de Janeiro. Ci hanno giocato dei veri fuoriclasse, come il grande Zico.

Nelle giovanili del Flamengo gioca Rogeiro, il cugino di Joao e, anche se solo per una partita, ne ha fatto parte anche Tommi. È successo durante il Flu-Fla: sembra uno scioglilingua, ma in realtà è la sigla dell'appassionante derby di Rio de Janeiro, Fluminense contro Flamengo.

Noi abbiamo avuto la fortuna di assistere a un Flu-Fla dal vivo: è stata un'emozione unica!

FOLIGNO BOYS

Nostri avversari al Torneo delle Regioni di Roma. Ci hanno sorpresi con lo schema "onda di mare":

i tre attaccanti tornavano indietro di colpo e, al loro posto, salivano, come un'onda, altri tre compagni. In questo modo abbiamo perso di vista chi dovevamo marcare e ci hanno fatto subito gol...

FONTANA DI TREVI

È una delle più famose fontane di Roma. Turisti da tutto il mondo vengono qui per fotografarla e per buttarci una monetina girati di spalle. Chi lo fa è sicuro di ritornare a Roma, dice la tradizione.

Tommi ha lanciato la monetina perché Egle stava per partire per la Cina. Così era più sicuro che sarebbe tornata indietro.

FORCHETTA D'ORO

Il trofeo in palio tra le squadre che rappresentano ristoranti di tutto il mondo. Il torneo si è svolto a Parigi e noi lo abbiamo vinto battendo in finale i ragazzi francesi allenati da Jerome Champignon.

Ma la Forchetta d'Oro è anche il premio vinto dal grande Gaston Champignon come miglior cuoco francese dell'anno: mitico!

FORLANINI

È il parco che si trova alla periferia di Milano, accanto all'aeroporto di Linate. Ci andiamo spesso in bicicletta per giocare e divertirci. Nel mezzo c'è un laghetto con i pesci rossi, a cui Tommi è molto affezionato. Infatti, quando ha un dubbio, va a consultarli: butta del pane in acqua e, a seconda che mangino o no, capisce quale decisione deve prendere.

Su una panchina verde del Forlanini si sono dati il primo bacio i genitori di Tommi. Per questo Donato, in occasione del loro anniversario, ha organizzato una cena a sorpresa per Lucia proprio su quella panchina. E alcune Cipolline hanno fatto da camerieri.

FORTE DEI MARMI

La graziosa località di mare in Versilia che ha ospitato la partita di calcio Scapoli-Ammogliati e la cena sulla spiaggia al matrimonio di Augusto e Violette.

FUORI DI ZUCCA

È il complesso preferito di Vlado, che canta in una band. Lui e i suoi amici suonano spesso le canzoni di questo gruppo, dato che piacciono molto anche al chitarrista Ciro-Ciraffa.

FUSIONE

Dalla fusione tra Cipolline e Kappa sono nati i Cipo-K. L'idea è venuta a Gaston Champignon, per mettere fine alla grande rivalità tra la nostra squadra e l'Akkademia Blu. Purtroppo, non tutti hanno trovato posto nei Cipo-K e in molti hanno dovuto cercare un'altra squadra. Joao e gli altri, per esempio, sono entrati a far parte dei 10&Lodi.

G

GASTON

Il nostro allenatore Gaston Champignon è stato un grande numero 10. In Francia è arrivato fino in serie B, solo che poi ha scelto il cibo al posto del pallone ed è diventato cuoco.

Per amore di Sofia si è trasferito in Italia, dove ha aperto il mitico ristorante *Petali in pentola* e dove, soprattutto, ha fondato le ancor più mitiche Cipolline!

Ha avuto qualche problemino al cuore, ma grazie a un piccolo intervento ora sta benissimo.

È sempre allegro e pieno di gioia, anche perché ha adottato un bambino venuto dall'Africa, il nostro amico Issa.

GATTO

È il soprannome di uno dei nostri migliori portieri. In realtà il suo vero nome è Simone ed è una specie di figlio d'arte, dato che i suoi genitori fanno i portinai... Al Real Baby, la sua prima squadra, lo hanno chiamato Gatto perché è agile come un felino.

La sua grande passione, oltre al calcio, è il violino: lo ama così tanto che lo mette addirittura all'interno della porta. È un trucco che gli serve per concentrarsi ancora di più: per proteggerlo dalle pallonate, non può permettere a nessuno di fare gol.

GATTUSO

IL GATTO

Abbiamo conosciuto il mitico Rino Gattuso al ristorante *Petali in pentola*, dove era venuto a cena con l'amico Marco Materazzi. Le gemelle stravedono per la sua grinta: non a caso il suo soprannome è Ringhio.

Lo abbiamo poi ritrovato a Coverciano, durante la Coppa del Fair play. In quell'occasione lo abbiamo ammirato tutti per la passione e l'impegno che mette negli allenamenti, anche se ha già vinto tutto ed è un campione affermato.

GAVETTONE

Un gavettone strepitoso lo ha fatto Arancha a Egle dalla finestra dell'albergo di Firenze: dovevate vedere la faccia della ballerina, inzuppata come un pulcino...

Non ci hanno fatto ridere, invece, i gavettoni tirati dai Kappa alla vigilia dello spareggio-scudetto. Hanno lanciato palloncini pieni di inchiostro nella piscina delle gemelle e, in pochi minuti, l'acqua si è colorata di nero.

È stato uno scherzo davvero di cattivo gusto.

EGLE

GERMANO

È un belloccio, biondo e forte, che Egle ha conosciuto in vacanza a Taormina. Lui poi è venuto a trovare la ballerina a Milano in occasione di una competizione di ginnastica. Potete immaginare la gioia di Tommi...

Oltre a essere un bravo ginnasta dalle braccia di ferro, Germano fa anche la pubblicità in Tv delle merendine Sprint. Con i suoi denti bianchi, sorride e dice: «Più Sprint alla tua giornata». Naturalmente l'ultima cosa che Tommi mangerebbe a colazione è una di queste merendine...

GERMOGLI DI CAGLIARI

Avversario tosto che abbiamo affrontato nella semifinale del Torneo delle Regioni a Roma.

Maglia rossoblu, i Germogli avevano un numero 11 dai capelli neri, corti e dritti, che sparava vere cannonate di sinistro. Lo chiamavano Rombo di Tuono, come il mitico attaccante che nel 1970 guidò il Cagliari alla conquista dello scudetto. Ci ha segnato due gol, ma abbiamo vinto comunque 3-2.

GIADA

È una pietra che in Cina viene anche chiamata la

Pietra dei Re. Chen l'ha regalata al nostro Dante, che è il re dei numeri 10. Da allora lui la porta sempre mentre gioca, tenendola sotto la maglietta come portafortuna.

GIARDINI D'ESTATE

Sono i bellissimi giardini di Pechino, che sono stati anche teatro di una delle immancabili sfide di corsa tra Becan e Joao, le nostre ali supersoniche. In quella gara ha vinto Becan, che è sfrecciato per primo sul Ponte delle Diciassette Arcate.

GIBBO

È il cagnolino della coppia che commissionò un ritratto a Violette durante la settimana bianca a Picco Candido. La sorella di Gaston li ritrasse tutti insieme sul retro di una pentola di rame.

Iniziava così per Violette la fase delle pentole dopo quella della "Pittura alla verdura".

GIGIA

È il portiere delle Rosa Shocking. Il suo vero nome

è Camilla, ma tutti la chiamano Gigia da Gigi Buffon, il portierone della Nazionale, suo grande idolo.

Ha due trecce bionde, è simpatica e molto carina. Lo pensa anche Tommi, e per questo Egle non la sopporta... La chiama "la mutandona", perché lei, abilissima con lo skateboard, indossa spesso dei larghissimi pantaloni da surfista, uguali a quelli di Spillo.

GIGIA

GILARDINO

Alberto Gilardino, centravanti della Nazionale, è uno degli attaccanti preferiti di Tommi. Lo abbiamo conosciuto a Coverciano: ha autografato il pallone al nostro numero 9 e gli ha anche mostrato il mitico gesto del violino!

GIOBERTO

Che spavento il fantasma Gioberto! Don Callisto ci

ha fatto questo scherzo la sera che abbiamo dormito in parrocchia, alla vigilia della sfida con i Cipolloni.

Il don ci ha detto che ogni tanto lo veniva a trovare il fantasma di un suo antenato. Noi non ci credevamo, ma quando nel cuore della notte abbiamo visto una sagoma bianca con la faccia identica al parroco, ci siamo messi a urlare e siamo fuggiti terrorizzati...

Non sapevamo che don Callisto avesse un gemello di nome Gioberto!

Il don ha voluto vendicarsi per uno scherzo che gli avevano fatto Igor e Pavel, sostituendosi uno con l'altro. Chi di gemello ferisce, di gemello perisce...

GIORDANO

È il fortissimo numero 5 dei Diavoli Rossi, un giocatore molto corretto.

Era un grande avversario di Tommi quando giocava nell'Accademia Blu. Poi è passato al Milan.

Con il trasferimento del nostro capitano all'Inter, la sfida si è trasformata in un vero derby... Per fortuna è durato poco, perché Tommi è tornato alle Cipolline per aiutare i suoi amici.

GIORNALINO

LINO

Lo ha fondato Lino, aspirante giornalista. Ogni settimana lo scrive, lo stampa e lo appende alla bacheca dell'oratorio. Il *GiornaLino* racconta le nostre partite, riporta risultati e classifiche. La parte più seguita, però, è quella delle pagelle: noi Cipolline spesso ci lamentiamo dei voti e dei giudizi severi di Lino e capita che si accendano animate discussioni…

Durante la vacanza in Spagna, Lino ha avuto una grande idea: fondare un giornale del quartiere in cui non si parla solo di calcio, ma anche di moda, problemi della zona e pettegolezzi.

Ora sta cercando collaboratori per mettere in piedi una redazione, proprio come accade nei giornali veri. Molti di noi hanno già dato la loro disponibilità.

GIOVANNI

GIOVANNI

Mister Fontana è l'allenatore dei 10&Lodi che ha chiamato Joao, Achille, Ciro, Lara, Pavel, Beppe e Saverio a partecipare al campionato regionale.

Grazie ai consigli di Gaston Champignon, Giovanni ha consolidato la squadra, che è diventata a sorpresa una grande protagonista del torneo.

GIOVANNI XXIII

Giovanni XXIII è il nome di un papa. Lo chiamavano il Papa Buono perché voleva bene ai bambini. Prima di affrontare i Talenti di Sotto il Monte, don Callisto ci ha guidato in visita alla sua umile casa natale. Ci siamo andati anche perché il nostro oratorio porta il suo nome: oratorio Giovanni XXIII.

GIULIANO

È il giovane allenatore che aveva Tommi all'Inter. All'inizio lo ha aiutato molto, perché il nostro capitano non si sentiva all'altezza dei nuovi compagni di squadra.

Per caricare i suoi giocatori, distribuiva le figurine di Dragon Ball con la famosa frase: *Vola più in alto che puoi e non temere rivali.*

Giuliano inventa esercizi divertenti come quelli di Champignon. E anche per lui risultato e classifica contano molto meno del piacere di stare con gli amici: insomma, ha lo spirito di una vera Cipollina.

GIUSEPPE

Il papà di Ciro è altissimo. Come dice suo figlio: fa l'elettricista e avvita le lampadine dei lampioni senza bisogno di scale.

Quando era giovane giocava a pallacanestro e ha trasmesso la passione a tutti i suoi figli, tranne a Ciro, che ha sempre preferito il calcio.

Anche Giuseppe doveva partecipare alla sfida Cipolloni-Cipolline, ma un mal di schiena lo ha messo ko e allora è rimasto in tribuna a fare il tifo per la sua squadra.

GLAUCO

Il numero 2 dei 10&Lodi non è certo un fenomeno... È un terzino piuttosto lento, che ha commesso molti errori nelle prime partite del campionato regionale.

Eppure ha molta passione e voglia di imparare. Infatti all'ultima partita del girone d'andata, proprio contro noi Cipo-K, ha fatto un salvataggio miracoloso su Tommi e i 10&Lodi, grazie al suo intervento, hanno segnato il gol della vittoria.

Una bella lezione per tutti: non conta il talento, ma la voglia di migliorarsi. Bravo Glauco!

GLAUCO

GOLF

Una delle mille cose che sa fare l'imprevedibile Augusto. Un giorno si è presentato tutto vestito da golf e ha allenato i portieri, scagliando tra i pali delle palline colpite con la mazza.

In quell'occasione, per zittire Loris che si vantava di essere più bravo, ha fatto un lancio formidabile: sotto gli occhi sbalorditi di tutti, è riuscito a colpire in pieno la traversa della porta più lontana. Mitico Augusto!

GRAN PREMIO DI CREMA

La prima corsa ufficiale a cui ha partecipato Issa, il figlio adottivo di Gaston Champignon, grande pilota di mini-moto. All'esordio ha ottenuto uno splendido secondo posto alle spalle di Angie, l'angelo bianco con due ali disegnate sulla tuta.

GRANDE MURAGLIA

La Muraglia cinese è una delle sette meraviglie del mondo: un serpentone di pietra che corre per quasi sette chilometri, interrotta ogni tanto da torri di vedetta. Costruita molti secoli fa, serviva per difendere i confini dell'impero dalle invasioni dei nemici.

Durante il nostro viaggio in Cina ne abbiamo visitato un tratto. Joao e Tommi hanno palleggiato di testa da una torre all'altra senza fare mai cadere la palla a terra. Ecco l'ottava meraviglia!

GRILLO

IL GRILLO EGLE

Il grillo è un animale molto amato in Cina, tanto che viene considerato un portafortuna. Per questo molti cinesi se ne vanno in giro portandosi in tasca una gabbietta con un grillo.

Anche Tommi ne ha uno: era un regalo di Egle prima che tornasse in Italia e, ovviamente, l'ha chiamato come lei...

GUGLIELMO

Con il suo cappellino da pescatore e l'immancabile pizzetto, Guglielmo è il simpatico istruttore di arco che allena Arancha. Anche Tommi lo ha conosciuto quando ha provato a fare un tiro senza troppo successo: la sua freccia, invece di colpire il bersaglio, si è piantata in un albero...

GUIDO

Fortissimo centravanti delle Ciliegie di Vignola, incontrate a Firenze nella Coppa del Fair play. Ci fece due gol, ma noi riuscimmo a recuperare, vincendo 3-2.

GUTO

È il cugino di Rogeiro, numero 10 del Brasile, che abbiamo affrontato nella finale del Mondialino sul lago di Como. Il suo soprannome è Monetina, perché non è molto alto ed è magrolino.

Così chiamavano anche uno dei più grandi centrocampisti della storia, Tostao, che significa appunto "piccola moneta": lui è diventato campione del mondo nel Brasile del mitico Pelé. Speriamo che questo soprannome porti fortuna anche al nostro amico!

H

HAKA

È un'antica danza di guerra che i rugbisti della Nuova Zelanda eseguono prima di ogni partita per caricarsi e per intimorire gli avversari. In effetti, vedere quegli omoni che urlano e fanno boccacce con occhi da tigre non è troppo rassicurante…

Per fortuna la *haka* dei piccoli calciatori dell'Oceania che hanno partecipato al Mondialino fa molta meno impressione…

HERNAN

Forte attaccante dell'Argentina che ha partecipato al Mondialino. È soprannominato il Pocho, che significa più o meno il "piccoletto", in senso affettuoso. È lo stesso soprannome di Lavezzi, l'attaccante del Napoli che piace tanto a Ciro. Per questo motivo lui e Hernan hanno fatto subito amicizia.

HERNAN

Visto che Lavezzi ha molti tatuaggi sulla pelle, prima di ogni partita Hernan si dipinge qualche figura sul corpo con un pennarello e poi lava via tutto sotto la doccia: un rito portafortuna.

HOTEL D'ANNUNZIO

È l'albergo che ci ha ospitati a Firenze durante il torneo per la Coppa del Fair play.

HOTEL DEI FORI

Il nostro albergo romano, che si trovava proprio davanti ai Fori Imperiali.

HOTEL GENZIANELLA

È il grazioso albergo di Picco Candido dove abbiamo alloggiato durante la settimana bianca.

I

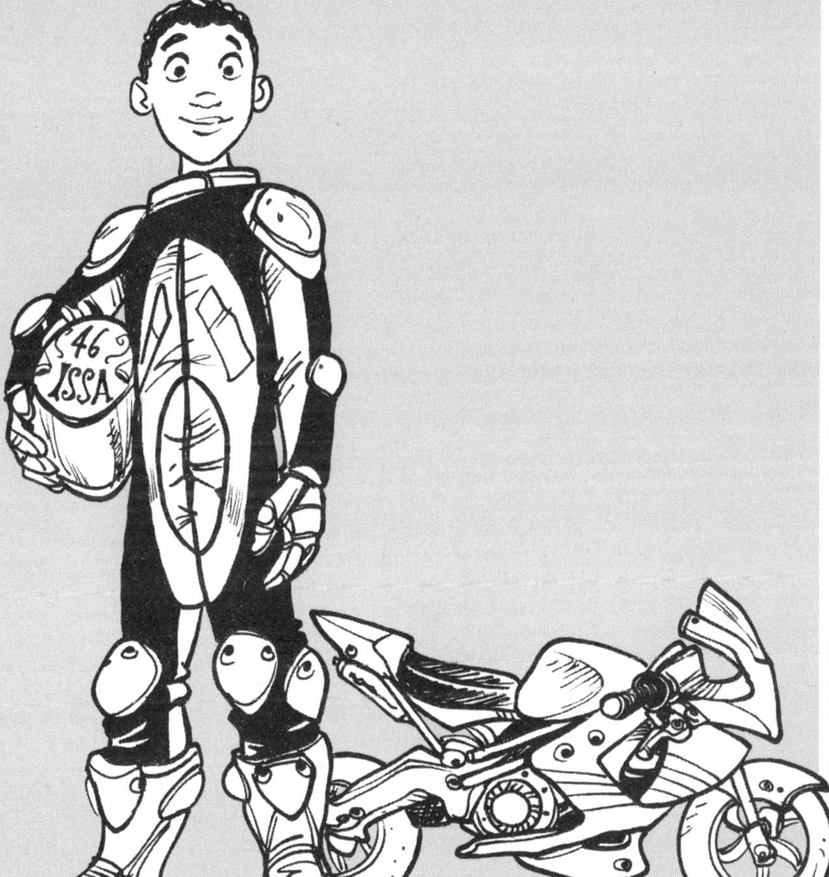

IGOR

IGOR

Igor è nato in Ucraina, insieme al suo gemello Pavel. Sono stati adottati da papà Antonello, giornalista sportivo, e da mamma Gemma, commercialista.

È mancino e ama giocare sulla sinistra. Come il fratello, è una specie di jolly: entrambi giocano preferibilmente in attacco, ma sanno fare anche i centrocampisti e, se serve, i terzini di spinta. Vanno molto d'accordo, anche se una volta sono entrati in competizione per la bella Elvira…

Prima di entrare nelle Cipolline sono stati nostri avversari nel campionato a sette con la maglia dell'Arcobaleno.

Dopo la fusione, per la prima volta si sono dovuti separare: Igor è diventato un Cipo-K, mentre Pavel è passato ai 10&Lodi.

INNO

Il nostro inno fa così: *Cipolline olé olé! Siamo meglio di Pelé!*

Ma abbiamo anche un'altra canzoncina che cantiamo spesso sulla Cipo-line, soprattutto quando vinciamo: *Cipo-po-po-po-po-pooo-po! Cipo-po-po-po-po-pooo-po!*

Ricordate la famosa musichetta che cantavano tutti nell'estate del 2006 quando l'Italia è diventata campione del mondo? Ecco. Noi l'abbiamo ripresa e l'abbiamo adattata alle Cipolline.

INZAGHI

Il mitico Pippo Inzaghi è uno dei più forti attaccanti della storia. Lo abbiamo conosciuto a Coverciano, e i suoi consigli sono stati preziosissimi per Tommi.

Il nostro capitano era ancora in via di guarigione dalla frattura al piede ed era un po' giù di morale. Allora Pippo gli ha raccontato del suo grave infortunio alla caviglia e di come i giornalisti scrivevano che la sua carriera era ormai finita. Invece lui è tornato in campo ed è diventato campione d'Europa e del mondo con il Milan, segnando gol in entrambe le finali.

Pippo ha telefonato perfino a casa di Tommi per incoraggiarlo. Oltre a essere un grande centravanti, si è dimostrato prima di tutto un grande amico.

IRINA

Irina è una graziosa biondina, gracile e con gli occhiali.

Quando è venuta a Milano insieme a Olga, amica di penna di Egle, è rimasta affascinata dalle lezioni del cicerone Dante, soprattutto da quelle sugli antichi palazzi di Milano: infatti tra i suoi sogni c'è anche quello di diventare un bravo architetto.

Le è piaciuta moltissimo la Casa degli Omenoni, un elegante palazzo del 1565, caratterizzato da otto statue gigantesche, gli Omenoni, cioè i "grandi uomini". Da quando l'ha visto, Irina ha deciso che ne costruirà uno simile nel centro

IRINA

di Mosca. Dante le ha strappato una promessa: tra le statue ce ne sarà anche una con gli occhialini che assomiglierà al numero 10 delle Cipolline...

ISSA

Issa Champignon è il figlio adottivo di Gaston e Sofia. Il cuoco-allenatore e sua moglie sono andati a conoscerlo in Namibia, uno stato dell'Africa, hanno trascorso del tempo con lui e poi lo hanno portato a Milano.

Noi ci siamo affezionati subito a Issa: è simpaticissimo, anche se a calcio è un vero disastro. Nel suo primo allenamento ha tirato il pallone dritto dritto nella finestra del *Petali in pentola*, mandando all'aria tutta la cucina...

Però è un vero fenomeno sulle mini-moto. Corre con il numero 46, lo stesso del mitico Valentino Rossi.

Tra di noi, Spillo è quello più legato a lui: sono due amiconi inseparabili, anche se all'inizio Issa, che non sapeva parlare bene l'italiano, lo chiamava Pollo...

CIPO-STORIA

ISSA E LA PIETRA MAGICA

Tommi, Dante e Becan stanno entrando in oratorio con alcuni zaini da cui spuntano delle racchette da tennis.

– Com'è andata, ragazzi? – chiede Issa.

– Malissimo – risponde Dante, che sembra molto contrariato.

– Hai perso?

– No, è andata male perché non ci siamo divertiti – spiega il numero 10. – Non si può giocare un doppio di tennis in tre... Si fa in quattro, lo dice la parola stessa.

– Lasciatemi indovinare: vi ha dato buca Spillo – azzarda Issa.

– Esatto – conferma Becan.

– Come immaginavo... – dice il pilota di mini-moto. – Ho incrociato Gigia poco fa e mi ha detto che era al Forlanini a fare qualche numero di skateboard con lui.

– Ah, bravo! – esclama Dante. – Aveva un impegno

con noi e invece è andato al parco senza avvisarci!

– Dai, Dante, non prendertela troppo – cerca di minimizzare Tommi. – Lo sai come è fatto Spillo…

– Sì, lo so, ma stavolta mi ha fatto proprio arrabbiare – insiste Dante. – Meriterebbe una lezione ogni tanto…

– Io sono d'accordo con il cervellone – commenta Issa. – Almeno la prossima volta si ricorderà di trattare un po' meglio i suoi amici.

– E cosa avreste in mente? – chiede il capitano.

– Non so – risponde Becan. – Potremmo non parlargli, per esempio. Visto che lui si è comportato come se non esistessimo, ora lo facciamo noi. Quando arriverà in oratorio, faremo finta di non vederlo, come se fosse invisibile. Così capirà che ci siamo rimasti male.

Alla parola "invisibile" gli occhi di Dante si illuminano. Il cervellone ne ha appena escogitata una delle sue…

– Grande idea, Becan! – esclama il numero 10. – Faremo come dici tu, con qualche accorgimento divertente… Se lo scherzo ci riesce, Spillo se lo ricorderà a lungo.

– Quale scherzo? – chiede incuriosito Issa.

– Ora vi spiego – risponde Dante. – L'ho letto una

volta in un libro e se funzionerà, come in quella novella, ci divertiremo un sacco. Ascoltate...

Seduti sulle panchine dell'oratorio, i ragazzi ascoltano il piano di Dante, poi discutono su come realizzarlo. Alla fine tutto sembra sistemato.

– Ora non ci resta che aspettare l'arrivo di Spillo – conclude il cervellone.

– Non dovremo attendere molto – avverte Tommi, puntando il dito verso l'ingresso.

Spillo, infatti, sta entrando dal cancello.

– Tutti ai posti di combattimento! – ordina Dante. – Mi raccomando, Issa: il tuo ruolo è fondamentale.

Il figlio di Champignon resta sulla panchina, mentre le altre Cipolline vanno a nascondersi.

Spillo, appena vede l'amico, lo raggiunge.

– Cosa ci fai qui tutto solo? – domanda il portiere.

– Penso – risponde Issa.

– E cosa avresti di così importante a cui pensare? – chiede incuriosito Spillo.

– Una cosa strana, ma mi vergogno a dirtela perché mi prenderesti sicuramente in giro... – spiega il figlio di Champignon.

– Ma se non ti fidi del tuo amicone Spillo, di chi ti dovresti fidare? – chiede il portiere. – Dai, sputa il rospo!

Issa, da perfetto attore, si guarda attorno per controllare che nessuno li stia osservando, poi con fare misterioso estrae dalla tasca un vetrino colorato che Dante ha ricavato dal fanale della sua bici.

– Che cos'è? – domanda Spillo, sempre più incuriosito.

– È una scheggia di diamante africano che mi ha lasciato in eredità mio nonno Toluk – risponde Issa, sottovoce. – Era un esperto di magia.

– È una pietra magica? – chiede il portiere con gli occhi spalancati.

– Sì. È la Pietra della Trasparenza, capace di rendere invisibili – spiega il figlio di Champignon.

– Invisibili? – ripete incredulo il portierone.

– Bisogna bagnarla con una goccia di latte e passarsela sui capelli alle 5 in punto del pomeriggio in un giorno di sole: chi lo fa diventa invisibile – racconta Issa. – Io ho già provato…

– E sei sparito? – domanda Spillo.

– Non io, – precisa il pilota di mini-moto – ma il gatto Pentola. È scomparso di colpo ed è tornato visibile dopo mezz'ora.

– E perché non l'hai sperimentato su di te? – chiede il portiere.

– È proprio a questo che stavo pensando quando

sei arrivato – risponde Issa. – Oggi mi sono portato dietro una boccettina di latte, c'è il sole e tra pochi minuti saranno le 5. Ma mi sa che non ho il coraggio...

– Se vuoi, provo io – propone Spillo. – Una mezzoretta da uomo invisibile dev'essere divertentissima! Farei un po' di scherzi in oratorio, ascolterei qualche pettegolezzo e naturalmente andrei al *Petali in pentola* a fare il pieno di meringhe senza essere visto...

– Davvero non hai paura? – chiede Issa.

– Spillo, guerriero di wrestling, non teme nulla!

– Preparati, allora – conclude il figlio di Champignon versando una goccia di latte sul vetrino.

Al quinto rintocco del campanile, il portierone si toglie il cappellino e si strofina la pietra sui capelli.

Issa, da grande attore, si alza di scatto dalla panchina con espressione sbalordita: – Spillo! Dove sei finito?

– Davvero non mi vedi più? – ribatte il portiere tutto soddisfatto. – Non puoi neppure sentirmi? Sono qui, davanti a te!

Ma Issa fa finta di non vederlo e si allontana urlando: – Spillo! Spillo! –, come se lo stesse cercando.

– Accipolla, funziona sul serio! – esclama il portiere. – Ora voglio proprio divertirmi...

Appena Issa fa segno che Spillo ha abboccato, Dante e le altre Cipolline escono allo scoperto ed entrano in campo per fare qualche tiro.

«Ecco dov'erano finiti tutti!» pensa Spillo. «Ora mi avvicino e sento cosa dicono...»

Si appoggia al palo senza che nessuno lo saluti né si accorga della sua presenza: per Spillo è la prova in più che la Pietra della Trasparenza funziona davvero.

– Puoi dirlo forte – commenta Becan. – Spillo è un amico e dobbiamo farlo giocare, ma col Gatto non c'è confronto... – aggiunge Becan.

– D'altra parte, con quella pancia certi voli non può permetterseli – aggiunge Lara.

– Sono d'accordo. Non è giusto che giochino una partita a testa – osserva Ciro. – Il Gatto, che è più forte, dovrebbe essere il titolare e Spillo fargli da riserva...

Spillo ascolta sbalordito: «Ma guarda che begli amici... Dovevo diventare trasparente per scoprire come la pensano davvero su di me. Traditori... Ora vi faccio vedere chi sono».

Le Cipolline si passano di nuovo la palla, poi Tommi spara di destro. Il tiro è indirizzato all'incrocio dei pali. Spillo si lancia con un volo tanto spettacolare quanto quello del Gatto e respinge di pugno.

– Che sfortuna Tommi, hai preso la traversa! – esclama Dante.

– Ma quale traversa! Pulisciti gli occhiali, cervellone! – protesta Spillo, inginocchiato a terra. – Ho respinto io il pallone!

Poi si ricorda di essere trasparente e che non lo possono sentire.

Mentre sta per rialzarsi, però, viene colpito al fianco

da una poderosa legnata di Bruno che lo fa rotolare a terra. Cinque secondi dopo gliene arriva un'altra nella schiena.

– Accipolla, che male! – si lamenta Spillo. – Questi non mi vedono proprio, meglio che mi tolga in fretta prima che mi abbattano a cannonate…

Si rialza dolorante e va a sedersi sulla panchina accanto alla porta.

Ma il portierone si rianima appena sente la proposta di Tommi: – Ragazzi, intanto che il campo si asciuga, perché non facciamo un salto da Champignon che ci ha promesso un po' di meringhe per merenda?

Anche Gaston è stato informato dello scherzo, perciò, quando vede entrare Spillo, fa finta di nulla.

Le Cipolline si siedono a tavola e Champignon serve un piattino di meringhe a ciascuno di loro. Poi ne lascia uno a un posto vuoto, spiegando: – Questo è per Spillo, quando arriverà. Gli ho preparato una porzione doppia, con l'aggiunta di panna montata.

– Non se la merita, mister – si lamenta il cervellone. – Oggi lo aspettavamo per giocare a tennis e se ne è andato al parco senza neppure avvertirci. Così siamo stati costretti a giocare in tre.

Spillo non ha mai visto tante meringhe in un piatto solo. Contando sul fatto di essere invisibile, si avvicina al tavolo per afferrarne una, ma Champignon gli toglie il piatto da sotto il naso all'ultimo momento: – Avete ragione. Quando arriverà, gli spiegherò che gli amici meritano rispetto. Gli darò le sue meringhe solo se capirà di avere sbagliato.

Così dicendo, riporta la razione di dolci in cucina.

«Poco male» pensa il portierone. «Tanto sono invisibile e non sarà difficile far sparire qualche meringa dai piatti degli altri…»

Qualcosa non gli torna: «Se fossi davvero invisibile, non dovrei vedere la mia immagine nello specchio». Ripensa allora a tutte le vicende del pomeriggio: le parole di Issa, le pallonate, la doccia con l'idrante... E finalmente capisce di essere caduto in trappola, vittima di uno scherzo probabilmente organizzato da quel cervellone di Dante.

Monta in piedi su una sedia, batte un cucchiaino contro un bicchiere per chiedere silenzio e annuncia:
– Amici, vi chiedo scusa per la partita a tennis e vi prometto che non mancherò mai più a un appuntamento. So che mi vedete, mentre io ho una fame che non ci vedo... Lasciatemi mangiare qualche meringa, vi supplico...

Le Cipolline scoppiano a ridere e corrono ad abbracciarlo, mentre Gaston Champignon riporta in tavola la razione doppia di meringhe con panna montata.

J

JAMES

Lo abbiamo incontrato a Coverciano, dove giocava nelle Vele di Amalfi. Era uno dei terzini più forti: spingeva sulla fascia come un treno.

JEROME

È il fratello di Gaston Champignon. Si assomigliano molto, ma Jerome sembra la versione "breve" di Gaston…

Anche lui gestisce un ristorante, il *Peu mais bon* di Parigi, che significa "Poco ma buono". Non si mangia male, ma le porzioni sono striminzite. Spillo è rimasto deluso: a momenti si mangiava il tavolo…

Con lui non ci siamo trovati bene neanche quando ha sostituito Gaston, che era in Africa per conoscere Issa. Ci sottoponeva ad allenamenti massacranti e ci faceva giocare tutti in difesa: nessuno si divertiva…

Le cose sono migliorate solo quando ha capito i suoi errori. Il fatto è che Jerome era un terzino e quindi ha sempre dato grande importanza al gioco difensivo, mentre Gaston, che è stato un numero 10, ama il gioco d'attacco.

JOAO

Fabiano Joao Luiz Dos Santos, per noi semplicemente Joao, è nato in Brasile. Suo papà Carlos fa il benzinaio, mentre sua mamma Paula è infermiera.

Mister Champignon e Tommi lo hanno scoperto al parco Forlanini mentre giocava con i suoi parenti e l'hanno immediatamente reclutato nelle Cipolline.

Come dice Dante: Joao è il nostro Carnevale, la nostra allegria, perché il suo gioco è tutto finte, dribbling e colpi magici e il pubblico si diverte un sacco. Joao ha inventato finte mitiche ed è stato premiato come miglior giocatore al Mondialino.

A parte il calcio, ama ballare e ascoltare musica. Fa collezione di figurine e legge libri sui dinosauri. Come tutti i brasiliani soffre di *saudade*, cioè di nostalgia per il suo Paese. Da grande sogna di tornare a Rio de Janeiro e di aprire un baretto di bibite sulla spiaggia di Copacabana, dove è estate tutto l'anno. Se realizzerà il suo sogno, andremo a trovarlo spesso…

JOAQUÍN

È il papà di Rafa e di Arancha. Viveva a Madrid, poi

si è trasferito in Italia con la moglie María e tutta la famiglia per lavorare al consolato spagnolo di Milano. Così noi abbiamo acquistato un grande attaccante, che ha giocato anche nelle giovanili del Real Madrid.

La famiglia Ramos è stata gentilissima con noi durante la vacanza in Spagna: non solo ci hanno organizzato il viaggio, ma ci hanno anche ospitati a casa loro per il cenone di Capodanno e per la divertentissima cena dell'ultimo giorno.

JOHNSON

È il nome del pitone dei Terribili gemelli. Terry e Billy assicurano che è innocuo come un gattino, ma vederlo strisciare di notte nelle nostre tende al campeggio del Mondialino non è stato affatto divertente…

JORDI

Il fortissimo difensore centrale della Spagna che ha partecipato al Mondialino. Tifa Barcellona e per questo non ha accolto benissimo Rafa, che invece tifa Real Madrid. Ma poi i due sono diventati amici e insieme hanno disputato un grande torneo sul lago di Como.

L'abbiamo incontrato anche a Barcellona. Lui e i suoi amici ci hanno sfidato in un'appassionante partita finita in parità e proseguita a tavola davanti a una gustosissima *paella* ai frutti di mare...

JUDO

Da quando aveva litigato con Sara durante il campionato a sette, Spillo aveva deciso di lasciare il calcio e dedicarsi al judo. In realtà la sua nuova passione non è durata molto, dato che al saggio di fine corso è stato atterrato in poche mosse da quel piccoletto di Liao...

K

KAKÀ

Abbiamo conosciuto il fuoriclasse brasiliano del Milan, poi passato al Real Madrid, sulla spiaggia di Copacabana, a Rio de Janeiro. Kakà era lì con Adriano e, insieme, hanno scambiato quattro tiri con noi sulla sabbia. Lo abbiamo poi rivisto all'allenamento del Real Madrid, quando siamo stati in Spagna.

KALOU

Centrocampista dell'Accademia Blu, giocava con il numero 4. Africano, originario della Nigeria, correva come un treno. Ci ha messo in grande difficoltà nella prima finale a sette segnando il primo gol della partita.

KAPPA

I giocatori dell'Akkademia Blu hanno deciso di chiamarsi così quando hanno formato lo squadrone per partecipare al campionato a undici e si sono messi una grossa K sulla maglia.

Hanno sostituito le C di Accademia con le K per

diventare più aggressivi e fare più paura, dicono loro. Come se una lettera dell'alfabeto fosse più cattiva di un'altra... Valli a capire questi Kappa!

KARIM

È il papà di Diouff che, con la moglie Aida, suona bonghi e trombette alle nostre partite, indossando coloratissime tuniche africane.

KARIM

L

LAMBRATE

È il quartiere accanto al nostro dell'Ortica, alla periferia di Milano. Per saperne di più, vai alla voce "Quartieri".

LAMPI DI BRESCIA

È la prima squadra che Tommi ha affrontato quando giocava nell'Inter. I Lampi indossavano una maglia bianca con un fulmine giallo al centro. Il loro numero 5 era un giocatore molto scorretto...

LANFREDO

È un omino piccolo e magro che entra nei buchi della terra e va a perlustrare le grotte nascoste. In una parola sola, è uno speleologo.

Quando quei simpaticoni dei Kappa ci hanno messo fuori uso l'impianto di illuminazione dell'oratorio per impedirci di allenarci alla vigilia

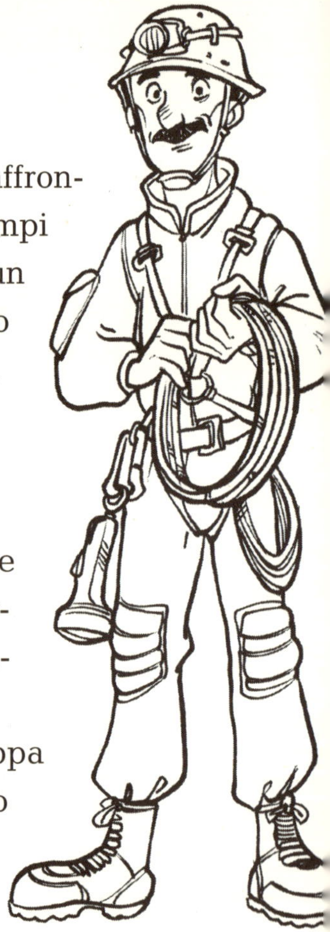

LANFREDO

dello spareggio dell'Arena, Gaston Champignon lo ha chiamato in nostro aiuto: lui è accorso portando lo stesso materiale che usa per perlustrare le grotte, cioè torce ed elmetti con la luce sopra.

Così abbiamo potuto giocare illuminando il campo da soli. È stato uno degli allenamenti più divertenti che abbiamo mai fatto.

LARA

Lara Maini è nata a Firenze. Sua mamma Daniela fa l'avvocato, mentre suo papà Lorenzo è un imprenditore e parte spesso per trasferte di lavoro a bordo del suo aereo privato. È grazie a quell'aereo se Tommi ha fatto in tempo a raggiungere l'Arena di Milano per il trionfale spareggio-scudetto con i Kappa.

Lara è identica alla sua gemella, con la sola differenza che Sara ha un piccolo neo sotto l'occhio destro. Ma è quasi invisibile. Per questo è più facile distinguerle dai capelli, dato che Sara li tiene sciolti mentre Lara si fa le trecce. A volte cambiano pettinatura per fare scherzi agli amici...

Prima erano ballerine nella scuola di danza di Sofia insieme all'amica Egle, ma visto che si annoiavano hanno preferito diventare i difensori più spietati in circolazione. Due vere tigri!

Oltre al calcio, Lara, come la gemella, ama dipingere, pattinare sul ghiaccio, sciare, giocare a tennis e andare a cavallo. Le nostre due artiste hanno decorato la Cipo-line e la mini-moto di Issa.

Da grande Lara vorrebbe diventare una grande stilista e disegnare insieme a Sara i vestiti più eleganti del mondo.

La fusione ha diviso per la prima volta le gemelle: Sara è rimasta nei Cipo-K, mentre Lara ha seguito Joao e gli altri a Lodi.

LEO

È un amico di Rogeiro, il cugino di Joao, che abbiamo conosciuto sulla spiaggia di Rio de Janeiro. È pelato e ha un buco tra i denti davanti. Gioca nelle giovanili del Flamengo ed è stato compagno di squadra di Tommi nella partita giocata dal capitano nel mitico Maracanà.

LEONCINI DI BRESCIA

Sono una squadra tostissima che abbiamo incontrato

nel campionato regionale. Indossano una maglia azzurra con una strana numerazione: hanno tutti numeri doppi. Il portiere ha l'11, il terzino destro il 22, il centravanti il 99...

Proprio il 99, un centravanti di colore che sembra Balotelli, con una specie di siepe di capelli lungo la testa rasata, è fortissimo, quasi impossibile da marcare quando prende velocità. Non a caso lo chiamano Scheggia.

LEONI D'AFRICA

È la prima squadra di Diouff, che abbiamo affrontato nel campionato a undici. È composta da ragazzi originari dell'Africa. Molti di loro erano presenti anche al Mondialino sul lago di Como.

LI TIEN

È il simpaticissimo amico di Chen che abbiamo conosciuto

LI TIEN

a Pechino. È un cinesino dai capelli neri a caschetto e i denti da castoro, innamorato del calcio italiano. Appena ci vedeva, sparava a raffica nomi di serie A: Del Piero, Pirlo, Materazzi, Totti...

LIAO

Fortissimo a ping pong, Liao è il nostro amico cinese che frequenta l'oratorio Giovanni XXIII. È magro, ha i capelli a caschetto e un sorriso simpatico.

A judo è un vero campione: anche se è piccolino, ha steso Spillo in combattimento, facendolo crollare a terra come un sacco di patate. Il nostro portierone ci è rimasto malissimo, ma noi in tribuna non riuscivamo a smettere di ridere...

LIAO

LINO

Dell'aspirante giornalista Lino e del

suo *GiornaLino* abbiamo già parlato alla lettera "G".

Qui ricordiamo solo il suo grande scoop: l'intervista esclusiva a Francesco Totti quando rifiutò l'offerta del Real Madrid per restare nella Roma. Il pezzo finì addirittura sulla *Gazzetta dello Sport*.

Anche se ogni tanto ci fa arrabbiare perché si diverte a creare polemiche, bisogna riconoscere che ha grande fiuto giornalistico: è stato lui a smascherare per primo il tentativo dei Kappa di ingaggiare Spillo, così come la simpatia nata a sorpresa tra Sara e Angelo.

LIONS DI LAGOS

È la squadra nigeriana che abbiamo incontrato nel torneo della Forchetta d'Oro. I loro tifosi suonavano i tamburi facendo un baccano infernale... Secondo noi stavano facendo la danza della pioggia: infatti a metà partita è scoppiato un temporale. Ma, nonostante il tempo, siamo riusciti a batterli e a conquistare la finale...

LIPPI

Abbiamo conosciuto Marcello Lippi a Coverciano. Il mitico c.t. della Nazionale campione del mondo a

Berlino nel 2006 ci ha fatto i complimenti per il nostro spirito di squadra.

«Il segreto del trionfo dei miei azzurri è stato proprio questo» ci ha rivelato Lippi. «In Germania abbiamo sempre giocato da fiore e mai da petali.» Forza azzurri!!! *Po-po-po-po-pooo-po*…

LORENZO

Il papà delle gemelle è un importante imprenditore. Per questo è sempre indaffarato e rischia di perdersi le partite delle figlie… Come quella volta in cui le Cipolline affrontarono l'Accademia Blu. Non facendo in tempo ad arrivare a Milano, Lorenzo mandò un aereo sopra il campo, con una lunga coda dietro: *Forza Sara e Lara!* Le gemelle sorrisero…

LORIS

Loris Bianchi, il simpaticone con il codino, è stato il nostro principale avversario, prima come capitano dell'Accademia Blu, poi con la maglia dei Kappa. Lo abbiamo affrontato sia nel campionato a sette sia in quello a undici.

Nell'Accademia Blu era compagno di squadra di Tommi. Loris è stato anche nostro compagno di squadra nelle Cipolline e nei Cipo-K, ma, nonostante le buone intenzioni, ne combina sempre qualcuna...

Dobbiamo però riconoscere che come centravanti ci sa davvero fare, visto che è molto potente. Ma, soprattutto, dobbiamo ammettere che senza la rivalità con lui e la sua banda, in questi anni, non ci saremmo divertiti così tanto... E neanche voi!

LORIS

LOTTERIA

Dopo aver comprato il regalo per il compleanno delle gemelle, ci erano avanzati cinque euro. Visto che era complicato dividerci il resto, abbiamo pensato di prendere un biglietto della lotteria. La fortuna è stata dalla nostra parte: abbiamo vinto diecimila euro!

Con questi soldi ci siamo pagati il viaggio in Cina,

mentre Pavel e Igor hanno acquistato il cavallino Ciuffo.

In quell'occasione, però, ci siamo presi un bello spavento, perché quel testone di Spillo aveva perso il biglietto vincente e abbiamo fatto una vera caccia al tesoro per ritrovarlo. Per un pelo non finiva tritato nel camion dell'immondizia…

LUCIA

La mamma di Tommi fa la postina. Adora il suo lavoro perché le piace conoscere le persone e andare in bicicletta.

È molto innamorata di suo marito, anche se a volte si vergogna per le battute che fa… Per il ventesimo anniversario del loro primo bacio, Lucia ha avuto una splendida idea: un braccialetto che contiene un pezzo della panchina del parco Forlanini dove si erano

LUCIA

baciati. Ma per gelosia Donato ha mandato a monte il piano...

Ci ricordiamo ancora il gol strepitoso che ha segnato nella partita Cipolloni-Cipolline, quando ha colpito la palla con il sedere!

LUPACCHIOTTI DI ROMA

È la squadra di Brando e Federico, che ha vinto il Torneo delle Regioni a Roma. Ci hanno battuti in finale ai calci di rigore. Per loro ha tifato anche Francesco Totti.

M

MA-MA-MA

Il trio di gemelli dei 10&Lodi, detti anche i Magnifici: Marco, Marzio e Marta. I loro genitori, Marina e Mario, hanno nomi che iniziano con "Ma" e hanno deciso di dare ai figli nomi che iniziano con la stessa sillaba.

All'inizio i tre gemelli giocavano in ruoli diversi e avevano parecchi problemi; poi, su consiglio di Gaston Champignon, Giovanni, l'allenatore dei 10&Lodi, ha spostato Marta in difesa, Marco a centrocampo, Marzio in attacco e la squadra di Joao... ha preso il volo!

MARCO, MARTA E MARZIO

MACININO

È la vecchia Cinquecento rossa di Clementina. Il suo motore borbotta come una caffettiera... È grazie alla sua auto se la cugina di Tommi ha conosciuto Sabatino, il suo fidanzato. Infatti è stato lui a ripararglie la, dopo che si era fermata in mezzo a via Pitteri.

MADRID

È la capitale spagnola che abbiamo visitato in trasferta.

Lì abbiamo visto Plaza de Cibeles, dove si radunano i tifosi del Real Madrid per festeggiare le vittorie più importanti della loro squadra: a volte qualcuno finisce addirittura dentro la fontana!

Siamo stati anche in Plaza Mayor, la grande piazza centrale della città, circondata da portici e palazzi storici. Data la sua forma rettangolare, dentro ci potrebbe stare benissimo un campo da calcio a undici e persino le tribune: dai palazzi si affacciano infatti ben duecentotrentasette balconi.

Manco a dirlo, Becan e Joao si sono sfidati anche qui, attraversando la piazza a tutta velocità.

MARA

È la numero 10 dell'Argentina, che ha partecipato al Mondialino sul lago di Como. Ha gli occhi verdi e un brillantino sul naso.

Le piace presentarsi così: «Mi chiamo Mara, diminutivo di Maradona».

Abbiamo capito che aveva una grande tecnica quando l'abbiamo vista palleggiare sdraiata su un materassino che galleggiava sull'acqua... E infatti in campo ha confermato i nostri sospetti: era praticamente impossibile fermarla.

MARACANÀ

È il vero tempio del calcio brasiliano. In questo stadio hanno giocato le più grandi leggende della storia del calcio, dall'Uccellino Garrincha al trio magico Didi-Vavà-Pelé. Per ragioni di sicurezza, oggi può ospitare "solo" novantaduemila spettatori seduti, ma con la gente in piedi ce ne stanno anche centotrentamila: è di sicuro lo stadio più grande del mondo. In realtà, in passato, questa specie di astronave circolare ne caricava a bordo addirittura duecentomila!

MARCEL

È il cuoco amico di Gaston Champignon, che gestisce l'*Antica Locanda dell'Oca* a Chantilly, un paese di campagna vicino a Parigi. Ci siamo stati in occasione del torneo della Forchetta d'Oro.

Spillo non se lo dimenticherà per tutta la vita, vista la tonnellata di panna montata che ha mangiato...

MARCEL

MARILENA

La professoressa Marilena è una tipa veramente in gamba: dato che i suoi alunni rischiavano di non potersi iscrivere al campionato, si è offerta di guidarli in panchina, anche se non s'intende affatto di calcio. A Gaston Champignon è stata subito molto simpatica, perché ha lo spirito di una vera Cipollina: per lei sono importanti i progressi dei suoi giocatori, non la classifica!

All'inizio di ogni partita regala un libro alla squadra avversaria: un'idea davvero deliziosa...

MARIUS

È lo zio di Becan che abbiamo conosciuto a Parigi. Lo abbiamo incontrato nel piazzale davanti al Centre Pompidou, un edificio molto strano: sembra una grossa nave piena di tubi colorati. In realtà contiene un museo, una libreria, sale per ascoltare musica e tante altre cose interessanti.

MARIUS

Lì fuori si esibiscono molti artisti di strada: Marius era lì a fare il mimo e cercava di raccogliere qualche soldo, visto che aveva perso il lavoro. Noi gli abbiamo dato una mano esibendoci in alcune acrobazie con il pallone.

MASSIMO

Giornalista della *Gazzetta dello Sport* che abbiamo conosciuto a Roma. Papà di due gemelle, è stato molto gentile con noi e ci ha aiutato a entrare a Trigoria, il centro di allenamento della Roma.

Massimo ha fatto un regalone a Lino, pubblicando sulla *Gazzetta* l'intervista che l'aspirante giornalista ha fatto a Totti. Lino ha poi incorniciato quella pagina rosa e ora la tiene ben in vista nella sua stanza, come un trofeo.

MATERAZZI

È il mitico difensore dell'Inter che abbiamo incontrato al *Petali in pentola* in compagnia di Rino Gattuso. È l'altro grande idolo delle gemelle.

Grazie all'intervento di Gaston Champignon,

Marco Materazzi e Zinedine Zidane hanno fatto pace: di questo incontro parliamo alla lettera "Z".

MATTIA

Campione regionale di slalom, Mattia è la stella dello Sci Club. Scia benissimo, ma si sente il campione del mondo: insomma, è un po' troppo presuntuoso per i nostri gusti. Perciò le Cipolline gli hanno dato una lezione durante la settimana bianca a Picco Candido. Tutto è iniziato da Spillo, poi ha continuato Sara che lo ha battuto in una gara di slalom, infine siamo intervenuti noi sconfiggendo i ragazzi dello Sci Club in una strana partita di calcio, con la neve che ci arrivava fino alle ginocchia.

MERINGA

È la mitica bicicletta di Tommi. I giocatori dell'Accademia Blu gliela pitturarono tutta di rosa per fargli uno scherzo. Ma visto che Egle la trovò carina, il capitano decise di tenerla così.

«Sembra una meringa alle rose» commentò la ballerina. Da allora, la bici di Tommi si chiama Meringa.

MERINGHE

Le meringhe alle rose sono il dolce più celebre del *Petali in pentola*. Grazie a questo dessert, Gaston Champignon ha vinto il gioco televisivo il *Re dei Fornelli*. *Merengues*, in spagnolo, è il soprannome dei giocatori del Real Madrid, che indossano sempre una maglia bianca. Riuscite a immaginare perché è la squadra preferita di Spillo?

MESSI

Lionel Messi è nato in Argentina. Anche se è alto

solo centosessantanove centimetri e il suo soprannome è Pulce, è uno dei giocatori più forti al mondo.

Lo abbiamo conosciuto al campo di allenamento del Barcellona e Dante, suo grande ammiratore, è riuscito a farsi autografare il pallone: quando Messi ha rilanciato la palla oltre la rete, Joao l'ha colpita di testa e i due hanno iniziato a palleggiare. Che onore per Joao!

MICOL

Compagna di danza di Egle con cui la ballerina è andata in vacanza a Taormina. Lì hanno conosciuto il bel Germano, ginnasta e divo della pubblicità. Micol aveva un debole per lui e cercava di incrociarlo da tutte le parti. Alla fine è riuscita a farsi invitare allo schiuma-party, la divertentissima festa organizzata dal ragazzo. Solo che il ginnasta ha riservato le sue gentilezze per Egle…

MICOL

Micol è molto brava a giocare a tennis, infatti ha già vinto numerosi tornei.

MIMMO

Numero 10 del Turchino Napoli, è il pestifero cugino di Ciro che abbiamo conosciuto a Roma al Torneo delle Regioni. Stava con noi all'*Hotel dei Fori* e ci faceva uno scherzo dietro l'altro...

Anche in campo era terribile però era leale. Nella partita decisiva per passare alle semifinali segnò un gol di pugno, come il grande Maradona. Quel gol ci avrebbe eliminati. Ma per fortuna lui confessò all'arbitro il suo scherzetto e in semifinale ci andammo noi. Grazie, pestifero Mimmo!

MOGGETTI

L'imprenditore Silvio Moggetti voleva comprare il ristorante *Petali in pentola* per trasformarlo in un fast food. La sua idea era di aprire una catena di locali, chiamata *Speedy Flowers*, che avrebbe dovuto sfornare in serie panini a base di fiori.

Meno male che il nostro allenatore ha sventato il

suo piano! Gaston Champignon, infatti, cucina con amore e tanta pazienza, va al mercato dei fiori e li sceglie a uno a uno, petalo per petalo… Come poteva accettare che il suo ristorante sfornasse cento panini uguali in un secondo?

MORENA

L'ala sinistra dei Noi di Gavoi, che abbiamo sconfitto in finale alla Coppa del Fair play.

È molto carina, con una lunga treccia nera, e aveva un sinistro che metteva i brividi… Per questo la chiamavano Rombo di Tuono come il mitico Gigi Riva, il fuoriclasse del Cagliari.

MORTEN

È nato a Copenaghen, in Danimarca. Ala sinistra dei Kappa, è diventato un Cipo-K dopo la fusione prendendo il posto di Joao, passato ai 10&Lodi. Ha grande tecnica e ottimo

MORENA

dribbling, esattamente come Michael Laudrup, il suo idolo, un calciatore danese che ha giocato anche nella Juventus.

Morten è molto distratto e sembra sempre con la testa tra le nuvole, anche perché sono la sua passione: le studia e le osserva in continuazione.

Altra cosa buffa di Morten sono le sue scarpe da calcio: ne porta sempre una rossa e una bianca, proprio come i colori della bandiera danese. Quella rossa la infila al piede sinistro, il suo preferito.

Come spiega lui: «Il portiere è avvisato. Quando colpisco la palla di sinistro è pericolo rosso!».

MOTTO

Il nostro primo motto è: *Chi si diverte non perde mai.* Il secondo: *Siamo un fiore, non petali.*

Per noi, gioia di divertirsi, amicizia e spirito di squadra vengono prima di tutto: risultati e classifica contano molto meno…

MUNDIAL

Quando siamo in oratorio e non abbiamo gli

allenamenti, il Mundial è uno dei nostri passatempi preferiti. Due si mettono in porta, mentre gli altri si passano la palla cercando di fare gol: valgono solo quelli di testa e al volo. Chi segna va in porta, mentre chi sbaglia il tiro viene eliminato. Vince l'ultimo che resta in gara. Perché non ci provate anche voi?

MUSEI

In vacanza non giochiamo solo a pallone, ma impariamo un sacco di cose visitando musei o monumenti. Anche perché abbiamo la fortuna di poter contare su un cervellone come Dante, che ci spiega sempre tutto...

Tra i musei più importanti che abbiamo visitato ricordiamo i Musei Vaticani a Roma, gli Uffizi a Firenze, il Louvre e il Centre Pompidou a Parigi, il Prado a Madrid e il Museo Picasso a Barcellona.

MUTANDE

Sono famose quelle di Loris, che tutti hanno ammirato durante la partita Cipo-K-Leoncini di Brescia... A un certo punto, sullo 0-0 di una partita combattutissima e molto importante per la classifica, è arrivato un cross in area. Diouff, all'improvviso, ha tirato giù i calzoncini del compagno Loris e i difensori dei Leoncini, sorpresi, sono rimasti a guardare l'avversario in mutande. Diouff ne ha approfittato, segnando di testa il gol decisivo...

Ma a Gaston Champignon il gol non è piaciuto: noi Cipolline vinciamo senza barare.

N

NADINE

È la figlia di Colette che abbiamo conosciuto a Coverciano. È magrolina, ha un neo sul mento e un brillantino sul naso. Suona benissimo il violino. Becan la trova molto carina: infatti non perdeva occasione per stare con lei...

NADINE

NADIRA

Ala destra dell'Africa, molto forte nel dribbling. L'abbiamo conosciuta al Mondialino: era lei il capitano della squadra in cui giocava Diouff.

È una ragazza simpatica e molto carina. Sta benissimo con i capelli raccolti in tante treccine, strette da un nastro rosso. Ama portare lunghe collane colorate.

Durante il torneo del lago di Como, Nadira ha invitato Rafa al suo tavolo per la cena africana: tra i due è nata subito una bella amicizia, tanto che lei ha insegnato al numero 19 la finta del serpente e della gazzella.

NAPOLEONE

Ciro, che è molto scaramantico, appena lo sente nominare si mette le mani nei capelli: è convinto che il grande condottiero ci porti sfortuna.

Tutto è legato al misterioso libro su Napoleone che ci regalarono a Parigi e che sembrava prevedere il futuro. Quel libro ci fece litigare e ci creò parecchi problemi...

Il nome di Napoleone è tornato d'attualità alla vigilia dello spareggio-scudetto contro i Kappa, dato che si doveva giocare nell'Arena di Milano, fatta costruire proprio da lui. In quell'occasione Rafa si fece male, Tommi restò imbottigliato nel traffico e il campo venne allagato di notte dai Kappa...

Insomma, quando spunta Napoleone per le Cipolline sono guai!

NATASHA

È la stravagante maestra di danza russa, cara amica di Sofia. Quando è arrivata in aeroporto tutti si sono girati a guardarla: infatti è una signora appariscente, piuttosto rotonda e con una stranissima capigliatura che a Tommi sembrava un pandoro!

Natasha è rimasta molto affascinata da Augusto: con lei è stato così galante...

NICO

Ex difensore centrale degli Ambrogini, è stato chiamato dai Kappa nello squadrone che ha partecipato al campionato provinciale a undici. Con la fusione è diventato un Cipo-K.

Di testa è praticamente imbattibile. Alto com'è, sembra un campanile in mezzo alle case.

NIDO D'UCCELLO

È il bellissimo stadio olimpico di Pechino che ha ospitato i Giochi del 2008. Si chiama così perché le travi e le colonne che si intrecciano gli danno la forma di un vero nido di cemento.

Lo abbiamo visitato in occasione della nostra vacanza in Cina. Joao e Becan ne hanno approfittato per una delle loro immancabili sfide di velocità. Joao, sconfitto ai Giardini d'Estate, si è preso la rivincita, sorpassando all'ultimo il compagno di squadra.

NIÑO

In Spagna chiamano così un grande centravanti, Fernando Torres. Ha cominciato a giocare nella serie A da giovanissimo, e per questo i tifosi lo hanno battezzato "el Niño", che in spagnolo significa "bambino": lui per scherzare, quando segnava un gol, si metteva il pollice in bocca...

Anche il nostro Rafa quando segna si mette il pollice in bocca... Per questo lo chiamiamo Niño.

Le altre cose su Rafa te le racconto alla lettera "R".

NOI DI GAVOI

Squadra tostissima che abbiamo sconfitto nella finale della Coppa del Fair play: era così forte che l'abbiamo battuta solo ai calci di rigore... Morena, che gioca come ala sinistra, ci ha spiegato perché hanno scelto questo strano nome: secondo loro tutti i ragazzi che amano il calcio formano una squadra sola. Tutti Noi, e quindi anche Voi...

O

O DI GIOTTO

È una storiella che ci ha raccontato Dante a Firenze.

Un giorno si presentò dal pittore Giotto un inviato del papa che gli chiese di dargli un quadro come prova del suo talento. Ma invece di consegnare una sua opera, Giotto si limitò a disegnare un cerchio perfetto a mano libera al centro di una tela. Come a dire: «Ecco cosa sono capace di fare».

A Firenze ci ha provato anche Spillo, ma è venuta fuori una specie di pallone da rugby bucato…

OCTAVI

Centravanti molto forte, alto e tecnico, gioca nelle giovanili del Barcellona. Era nella squadra degli amici di Jordi che abbiamo affrontato nella città catalana durante il viaggio in Spagna.

OLGA

È la ballerina di Mosca che danza in uno dei teatri più prestigiosi del mondo, il Bolshoi.

È amica di Egle per corrispondenza. Si sono scritte

per tre anni e poi, finalmente, sono riuscite a incontrarsi a Milano. È venuta accompagnata dall'amica Irina e dalla sua insegnante di danza, la signora Natasha.

È molto carina: ha capelli neri a caschetto, grandi occhi scuri e guance rosse.

Doveva ballare con Egle alla Scala nello spettacolo di Cenerentola, ma visto che l'amica si era ammalata ha preso lei il suo posto da protagonista. È stata davvero bravissima!

ORAZI E CURIAZI

Molti secoli fa Roma era in guerra con Albalonga. Le due città decisero di mettere in campo solo tre soldati per parte: tre fratelli romani, gli Orazi, contro i tre Curiazi. I Curiazi uccisero subito due Orazi, per cui il destino di Roma sembrava segnato. Ma l'ultimo fratello romano studiò una tattica intelligente: finse di fuggire per separare i tre avversari e poi li affrontò a uno a uno, sconfiggendoli.

Dante ci raccontò questa storia nell'intervallo della partita con gli Scalini, al Torneo delle Regioni. Il racconto era adeguato: eravamo a Roma e stavamo perdendo 2-0 perché eravamo in inferiorità numerica dato che Joao, Becan e i gemelli erano bloccati dal mal di gambe.

Così, nel secondo tempo Tommi decise di usare la tattica del soldato romano: affrontò a uno a uno gli Scalini e segnò due gol portandoci al pareggio, decisivo per la qualificazione. Mitico capitano!

ORTICA

È il quartiere dove siamo nate noi Cipolline. Per saperne di più, vai alla parola "Quartieri".

OSSI DURI DI LOANO

Il loro nome è proprio azzeccato... Li abbiamo affrontati alla Coppa del Fair play di Coverciano e ci siamo trovati sotto di tre gol. Alla fine siamo riusciti a rimontarli, vincendo 4-3. Ma che fatica...

OTTAVIO

Era il fratello del nonno di Donato. Ottavio era molto affezionato al papà di Tommi, anche se da anni si era trasferito in Australia, dove era diventato ricco allevando pecore e coltivando terreni.

Alla sua morte, Donato ricevette una lettera che annunciava l'arrivo di una "scatola d'oro". Il papà di Tommi credeva di essere diventato milionario e cominciò a pensare a come spendere quel tesoro. In realtà nella lettera c'era un errore: la "scatola d'oro" era solo una "scatola d'orzo"!

OTTO

È un vero cervellone, che ha giocato nella Germania al Mondialino sul lago di Como.

Non a caso è diventato subito amico del nostro numero 10: studiavano insieme matematica, giocavano a scacchi e costruivano aeroplanini telecomandati.

Preso di mira dai Terribili, si è vendicato con l'aiuto di Dante eliminando proprio l'Inghilterra di Terry e Billy.

OTTO

P

PACO

Ala destra alta e magra, con i capelli scuri alla Cristiano Ronaldo. Gioca nelle giovanili del Real Madrid. Abbiamo capito il perché quando lo abbiamo affrontato nella partita organizzata da Rafa durante il nostro viaggio in Spagna: era davvero immarcabile!

PALLONI D'ORO

Squadra affrontata nel primo campionato a undici, dalla maglia a strisce blu e oro, elegantissima. Anche se erano in fondo alla classifica, hanno dimostrato di essere molto abili nel palleggio e nella difesa.

PAOLO

È il giovane allenatore della Virtus B. È molto bravo: dà sempre buoni consigli ed è pieno di entusiasmo. Suo è lo schema zanzara, di cui parliamo alla "S".

PARADISO DI GASTON

È la tisaneria che Gaston Champignon ha aperto

accanto al ristorante *Petali in pentola*. La gestisce la bella Eva, esperta di piante, infusi e bevande.

Il locale è diventato una specie di piazza del quartiere dove i ragazzi si ritrovano per studiare, le mamme per chiacchierare, i lavoratori per prendersi una pausa.

LE TISANE DI EVA

Se sei giù di morale o sei troppo nervoso, Eva sa suggerirti la tisana che fa per te.

PARATA DEL FENICOTTERO

L'ha usata Spillo un giorno che si era fatto male a un piede e doveva assolutamente parare un rigore. Non potendo mettere a terra il piede infortunato, è rimasto in bilico su una gamba sola sulla linea di porta e ha allargato le braccia per restare in equilibrio. In quella posizione, con l'altra gamba sollevata, sembrava davvero un fenicottero.

Quando l'arbitro ha fischiato, Spillo si è dato la spinta con il piede sano ed è volato a bloccare il pallone. Mitico!

Ogni tanto si serve ancora di questa parata, anche quando non è infortunato, perché dice che i rigoristi si fanno impressionare dalla sua strana posizione e sbagliano.

PARATA DEL GAMBERO

Spillo l'ha fatta durante gli allenamenti al Jardin du Luxembourg, in preparazione alla finalissima del torneo della Forchetta d'Oro: quando ha visto arrivare la palla, il portiere si è girato di scatto e ha bloccato il pallone con le mani contro la schiena.

PARATA DELLO SCORPIONE

È un'altra parata stramba di Spillo. L'ha imparata imitando il portiere colombiano René Higuita, che la faceva spesso.

Si fa così: quando il pallone spiove verso la porta, invece di bloccarlo o di respingerlo, ci si tuffa con le mani a terra, si piegano le gambe all'indietro e lo si colpisce con la suola delle scarpe o con il tacco. Il rischio di una figuraccia è altissimo: quindi evitate di fare gli scorpioni in partite importanti!

Da questa parata deriva il tiro dello scorpione che Tommi usa ogni tanto: ci si lancia in volo fingendo il colpo di testa in tuffo, ma all'ultimo si passa sotto il pallone e lo si colpisce con la suola. Un gol spettacolare. Se vi riesce...

PARIGI

È l'affascinante capitale della Francia, che abbiamo

visitato durante il torneo della Forchetta d'Oro. Abbiamo visto i Campi Elisi, l'Arco di Trionfo, Notre Dame e la Torre Eiffel. Ma per Tommi la cosa più emozionante è stata sicuramente il bacio che gli ha dato Egle sulla Senna...

PASQUINO

È il nome di un'antica statua di Roma. Ai piedi e al collo della statua, di notte, la gente metteva scritte anonime contro le persone famose della città. Quelle scritte venivano chiamate "pasquinate".

Durante la vacanza a Roma ne abbiamo trovate alcune anche su di noi. Ogni tanto comparivano rime che prendevano in giro questa o quella Cipollina. Alla fine il misterioso Pasquino è uscito allo scoperto, anzi, i due Pasquini: Sara e Lara!

PATENTE

Per quella di Eva si è mobilitato tutto il quartiere. Lucia e Daniela l'hanno aiutata a preparare l'esame scritto, mentre Donato le ha dato lezioni di guida e ha bloccato addirittura il traffico durante la prova pratica per evitare che l'esaminatore la portasse sul cavalcavia Buccari. Se fosse andata lì, Eva non ce l'avrebbe mai fatta: le partenze in salita non sono proprio il suo forte...

PAVEL

PAVEL

Pavel, nato in Ucraina e adottato in Italia, ha giocato nell'Arcobaleno con suo fratello, prima di diventare una Cipollina. Abbiamo già detto tutto di lui parlando di Igor. Se volete saperne di più, tornate alla lettera "I".

PEDRO

Quando scopriamo che un avversario si chiama Pedro, cominciamo a preoccuparci: i due che abbiamo conosciuto, infatti, erano veramente in gamba.

Pedro dei Palloni d'Oro era un tipo "alla Zarate", l'attaccante della Lazio, tutto finte e dribbling, difficile da marcare. L'altro Pedro, il numero 17 del Ticino

F.C., era un peruviano dai capelli a spazzola, che ci ha fatto davvero impazzire sulla fascia destra.

PELÉ

Quando giocava lo chiamavano il Re: un re che da piccolo faceva il lustrascarpe per aiutare la famiglia povera... Per molti è stato il più grande calciatore della storia. Nessuno ha segnato più gol di lui: milleduecentoottantuno in milletrecentosessantatre partite.

Tommi ha avuto l'onore di conoscerlo di persona e di ricevere i suoi complimenti dopo la partita che ha giocato con il Flamengo nello stadio Maracanà.

Il nome di Pelé compare anche nel nostro inno ufficiale: *Cipolline olé olé! Siamo meglio di Pelé!*

Non è vero che siamo meglio di Pelé, ma fa rima e la canzona è allegra!

PENTOLA

Il gatto di Gaston Champignon, Pentola, è il più dormiglione del mondo. Riuscirebbe a schiacciare un pisolino anche dentro un tamburo mentre lo stanno suonando. È più facile che si svegli quando c'è silenzio assoluto: è fatto così... Il mister gli ha dato questo nome perché lui adora dormire in una pentola e sognare pesci e topi. Per fortuna suo figlio Tegamino è molto più sveglio...

PETER

È il bel maestro di sci che ci ha dato lezioni durante la settimana bianca a Picco Candido. Era molto gentile con Clementina, e per questo Sabatino si è ammalato di gelosia...

PHILIPPE

È il vecchio comandante della barca, amico di Gaston Champignon, che ci ha portato a spasso sulla Senna, il fiume

PETER

di Parigi. È stata una serata bellissima: abbiamo cenato sul ponte del battello a lume di candela, mentre in cielo scoppiavano i fuochi d'artificio e Tommi baciava Egle…

PIAZZA DEL CAMPO

La bellissima piazza di Siena che ospita il famoso Palio, la corsa dei cavalli in cui gareggiano le contrade della città. Anche qui Becan e Joao si sono sfidati a tutta velocità.

PIAZZA TIEN'AN MEN

In cinese significa "Piazza della Pace Celeste". È lunga più di ottocento metri ed è la piazza più grande del mondo.

Tommi l'ha percorsa tutta palleggiando, senza far mai cadere la palla a terra. C'è stato un momento di tensione quando il capitano si è trovato di fronte un soldato. Ma Tommi non si è intimorito: ha continuato a palleggiare e il militare ha cambiato strada. È giusto così: il gioco deve sempre avere la precedenza sulle armi…

PICCO CANDIDO

È la località di montagna che ci ha ospitato durante la settimana bianca. Ci ricordiamo ancora dei numeri sugli sci: nella gara finale, Sabatino ha vinto tagliando il traguardo a pelle di leone…

PIETRO

Capitano e numero 10 della Dinamo Brianza di Merate, Pietro ci ha segnato due gol nel girone d'andata del campionato regionale. In quella partita abbiamo vinto 3-2, ma il migliore in campo è stato lui.

PITTERI

È la via del quartiere Ortica, lunga e dritta, su cui si affacciano l'oratorio Giovanni XXIII, il ristorante *Petali in pentola* e i giardinetti dei nostri primi allenamenti. Lungo questa strada sfreccia anche l'autobus numero 54, guidato dal papà di Tommi.

PITTURA ALLA VERDURA

Nata per caso nel ristorante parigino di Gaston Champignon, la "Pittura alla verdura" ha dato fama internazionale alla sorella del nostro allenatore. I quadri che Violette dipinge spalmando i colori con sedano, asparagi, patate, zucchine e carote sono esposti nei più celebri musei del mondo.

POCO MA BUONO

Il *Peu mais bon* è il nome del ristorante francese di Jerome Champignon: si mangia bene, ma in quantità microscopiche...

Poco ma buono è anche il nome della squadra allenata dal fratello di Gaston, che abbiamo affrontato nella finalissima del torneo della Forchetta d'Oro. Li abbiamo battuti ai rigori: Tommi ha lasciato tutti a bocca aperta con uno splendido cucchiaio.

POLVERE DA PRURITO

Alla vigilia dello spareggio-scudetto con i Kappa, abbiamo subito una serie infinita di scherzi. Allora ci siamo stufati e abbiamo chiesto consiglio a due specialisti, Terry e Billy: si sono infilati nello spogliatoio dei Kappa, hanno svitato i beccucci delle docce e ci hanno messo dentro la polvere da prurito, che è venuta giù insieme all'acqua.

JEROME

Una volta usciti dallo spogliatoio, Loris, Duccio e Vlado si grattavano come se fossero stati attaccati da un esercito di pulci...

PONTE VECCHIO

Uno dei ponti più belli e più famosi del mondo, che attraversa il fiume Arno a Firenze. Qui un tempo c'erano le botteghe dei macellai, mentre oggi ci sono quelle degli orafi.

Per questo Donato ha organizzato la visita di notte, quando i negozi erano chiusi: così Lucia non poteva chiedergli regali costosi...

PUERTA DEL SOL

È la famosa piazza centrale di Madrid, considerata il chilometro zero della Spagna: da qui, cioè, si contano tutte le distanze del Paese.

In realtà è famosa anche perché la notte dell'ultimo dell'anno si ritrovano tutti qui per il rito della *campanada*. Se vuoi sapere di cosa si tratta, vai alla lettera "C".

PUNIZIONE DEL CAVALLO

Si chiama così perché Gaston Champignon l'ha studiata sulla scacchiera: la palla si sposta prima in orizzontale, poi in verticale, proprio come la pedina del cavallo.

Per esempio, al fischio dell'arbitro Tommi tocca la palla in orizzontale e Becan la ferma. Poi Dante arriva in corsa e calcia. Grazie al tocco del capitano, il numero 10 non ha più la barriera davanti. Ora che la palla si è spostata, vede lo specchio della porta libero e ha più possibilità di segnare.

È grazie a questa tecnica che abbiamo segnato il gol decisivo nella seconda finalissima del campionato a sette.

Q

QUADRI

Durante le nostre trasferte abbiamo visitato alcuni dei più prestigiosi musei del mondo, e lì abbiamo visto opere bellissime. Ricordiamo in particolare quelle di Picasso, uno degli "amici" spagnoli di Violette, cioè uno dei grandi artisti che l'ha ispirata. Ma i suoi quadri sono davvero strani: infatti hanno suscitato molte discussioni tra noi Cipolline...

I quadri sono anche la specialità di Violette, che li dipinge con tecniche particolari: prima usava ortaggi al posto del pennello, poi è passata alla pittura sulle pentole.

Con la collaborazione di alcune Cipolline ha creato un quadro anche con i piedi: quando erano a Madrid, le gemelle, Dante e Tommi hanno calciato su una tela bianca palloni immersi nella vernice e poi lei ha completato l'opera con il suo genio.

QUARTIERI

Il nostro si chiama Ortica: in via Pitteri ha sede l'oratorio Giovanni XXIII, dove sono nate le Cipolline, e qui ci ritroviamo quasi tutti i giorni. Il nome del quartiere deriva dalla parola orto, perché un tempo c'erano solo campi coltivati e irrigati dal fiume Lambro.

In passato l'Ortica era una frazione del comune di Lambrate, un paesino che prende il nome dal fiume. Ma quando Milano si è ingrandita, sia Lambrate, sia l'Ortica sono diventati quartieri di periferia, nella zona est della città.

QUIZ

Dante ha partecipato al gioco a quiz dei *Cervelloni*. Per saperne di più, vai a quella voce.

In realtà anche questo libro può diventare un ottimo strumento per un gioco a quiz: mettete alla prova i vostri amici con qualche domanda pescata da queste pagine e scoprite chi di loro conosce meglio la storia delle Cipolline. Per il vincitore, un "Cipo-ok" speciale da parte nostra!

DANTE

R

RABONA

È un colpo spettacolare. Ne parliamo alla voce "Caffettiera".

RADEK

È il nonno di Eva, che fin da quando era piccola le ha insegnato i segreti delle piante e dei fiori.

RAFA

Rafael Ramos è nato a Madrid, come sua sorella Arancha. Si sono trasferiti a Milano, dove papà Joaquín lavora come diplomatico. Il suo soprannome è Niño: vai a quella voce per sapere il perché.

Rafa ha giocato nelle giovanili del Real Madrid. È un centravanti completo, forte di testa e di piede, con una grande tecnica.

Appena arrivato nelle Cipolline ha avuto qualche problema con Tommi: ha anche cercato di portargli via il numero 9... Ora lui gioca con il numero 19, così un 9 sulla schiena ce l'ha! E nel frattempo i rapporti con il nostro capitano sono migliorati e le loro sfide ora si limitano a chi segna più gol. E da questa gara abbiamo tutti da guadagnarci…

Oltre al calcio ama la musica: ha una bella voce e per un po' ha cantato negli Skeletron. È appassionato di videogames e adora le simulazioni di volo: da grande, infatti, vorrebbe fare il pilota d'aereo.

RAPID BALL

È la squadra che abbiamo incontrato nel campionato a undici. Indossano una maglia rossa e blu. Quando li abbiamo sfidati in campo, abbiamo capito perché si chiamano così: i loro centrocampisti sono davvero velocissimi! Per fortuna siamo riusciti a batterli 2-1…

RE DEI FORNELLI

LE MERINGHE ALLE ROSE

È il concorso televisivo tra cuochi: il mitico Gaston Champignon ha battuto gli altri due concorrenti grazie alle sue fantastiche meringhe alle rose. Per festeggiare la vittoria, Spillo ne ha fatto una scorpacciata...

REAL BABY

È la squadra dove giocava il Gatto nel campionato a sette. Forse non ve lo ricordate, ma proprio contro il Real Baby arrivò la prima vittoria delle Cipolline: 1-0 con gol di Tommi. Una partita storica!

REFERENDUM

Per decidere se fare la fusione Cipolline-Akkademia Blu abbiamo consultato la gente del quartiere attraverso un referendum: tutti hanno votato al *Petali in pentola* infilando un bigliettino con scritto SÌ o NO in un pentolone di Champignon. Per un solo voto hanno vinto i SÌ: Cipolline e Kappa si sono così trasformati in Cipo-K.

REINA

È l'amica di Arancha, molto carina, che abbiamo conosciuto a Madrid: ha capelli biondi e lisci e occhi verdissimi. Ha fatto subito colpo sul Gatto, e non solo perché anche lei suona il violino…

RICCARDO

È un contadino pelato che abbiamo conosciuto in Toscana. Anche se non è più tanto giovane, ha delle braccia muscolosissime: per anni, infatti, è stato un campione del Bravio delle Botti, una specie di palio che si gioca tra le contrade di Montepulciano. La gara consiste nello spingere il più velocemente possibile delle botti piene di vino lungo strade in salita: che fatica!

Anche noi ci abbiamo provato, sfidandoci a coppie. Tommi non credeva ai suoi occhi: Arancha ed Egle si sono alleate tra loro e hanno vinto la sfida!

RICCARDO

RIO DE JANEIRO

È la splendida città brasiliana che abbiamo visitato nel nostro primo viaggio. In quell'occasione siamo saliti sul Corcovado, una montagna famosa per la grande statua del Cristo Redentore che allarga le braccia per proteggere la città. Dalla sua cima si gode di una vista splendida. Da lassù abbiamo scattato delle fotografie bellissime.

RIVA

Gigi Riva è stato un grande giocatore del Cagliari e della Nazionale. Con il sinistro sparava delle cannonate potentissime: per questo il suo soprannome era Rombo di Tuono, proprio come il numero 11 dei Germogli di Cagliari e come Morena dei Noi di Gavoi. L'abbiamo conosciuto a Coverciano dove, da quando ha smesso di giocare, fa il dirigente della Nazionale.

ROBERT

È l'amico di Gaston Champignon che abbiamo

conosciuto in viaggio verso la Spagna. Ci siamo fermati a Cannes, in Costa Azzurra, e da lì abbiamo raggiunto Grasse, il paese in cui vive.

Prima di incontrare Robert pensavamo che il naso fosse solo una parte del corpo, non un lavoro! E invece lui nella vita fa proprio il naso: combina le essenze estratte dai fiori e crea nuovi profumi. Per fare questo mestiere bisogna studiare molto, conoscere le qualità di fiori e piante, ma soprattutto riuscire a memorizzare centinaia di odori diversi. L'unico problema è quando si ha il raffreddore…

ROBERT

RODIZIO

È un'abbuffata di carne che viene servita nel piatto tagliandola direttamente da grandi spiedi. È un pranzo tipico brasiliano che contiene molti tipi di carne diversa.

Dovevate vedere la faccia di Spillo al *rodizio* che

abbiamo fatto a Rio de Janeiro: a ogni spiedo che arrivava in tavola gli si illuminavano gli occhi…

ROGEIRO

Il cugino di Joao è un tipo veramente in gamba. Lo abbiamo conosciuto durante la vacanza a Rio de Janeiro. Gioca nel Flamengo, la squadra più prestigiosa della città. Quando è stato in Italia ha indossato anche la maglia delle Cipolline.

Oltre a giocare benissimo a calcio, è un fenomeno sulla tavola da surf e nuota come un pesce.

ROMA

La capitale d'Italia ci ha accolto durante il Torneo delle Regioni. È stata una vacanza splendida perché Roma è piena di meraviglie. Abbiamo alloggiato vicino ai Fori

ROGEIRO

Imperiali, le grandi piazze costruite dagli imperatori dell'antica Roma, di cui oggi rimangono solo dei resti.

Ma per noi Cipolline la ciliegina sulla torta è stata l'incontro con il simpaticissimo Francesco Totti. Anche se durante la partita con i Lupacchiotti di Roma ha tifato per la squadra della sua città...

ROSA SHOCKING

A dire la verità non ci aspettavamo di incontrare una squadra di sole ragazze...

Elvira, Gigia e Beba hanno deciso di fondare una squadra dopo aver visto Sara e Lara giocare nelle Cipolline. Indossano un'elegante maglia a strisce bianche e rosa. Il loro scopo è dimostrare che le ragazze possono giocare anche meglio dei maschi. Secondo noi ci sono riuscite: con loro non si scherza...

RUBEN

Campione italiano di mini-moto, numero 1 dello Speedy Team. È il grande favorito del Gran Premio di Crema. E anche un grande presuntuoso... Ma il nostro Issa, pur essendo solo al debutto, gli ha dato una bella lezione.

RAFA E IL GOL DEI RECORD

– C'è tua mamma, Tommi – avverte Sara.

Lucia è appena entrata dal cancello dell'oratorio Giovanni XXIII sulla sua bicicletta da postina e raggiunge le Cipolline che stanno giocando a Mundial.

– Mamma, questa si chiama invasione di campo – protesta il capitano.

– No, questo si chiama lavoro – corregge Lucia. – Ho una lettera per Dante.

Il numero 10 ritira la busta con molta delicatezza.

Dopo averla letta attentamente, solleva le braccia e corre esultando fino alla bandierina.

– Che cosa gli è preso? – domanda Joao.

– Boh, forse è una lettera della prof di matematica che gli ha spedito altri compiti per casa... – scherza Ciro.

Appena torna indietro, Dante domanda agli amici: – Ragazzi, vi ricordate di qualche settimana fa quando parlavamo della trasmissione dei record?

– Certo – risponde Becan. – Un tipo aveva risalito una scala dei pompieri palleggiando gradino per gradino senza mai fare cadere il pallone. Un fenomeno...

– E ricordate cosa dicevamo? – chiede ancora il numero 10. – Che sarebbe bello se anche il nome delle Cipolline entrasse nel librone dei primati...

– Ce lo ricordiamo – taglia corto Achille. – Ma cosa c'entra con la lettera?

– C'entra perché ci ho pensato a lungo e, alla fine, mi è venuta l'idea giusta per le Cipolline. L'ho spedita alla trasmissione dei record e questa lettera è la risposta – annuncia il cervellone sventolando la busta. – L'hanno accettata!

– Accipolla! – esclama Lara. – Vuoi dire che andremo tutti in televisione?

– Be', tutti no, – precisa Dante – hanno preteso la scelta di due di noi, ma quel che conta è che sul libro comparirà il nome delle Cipolline. Sempre che riusciamo a realizzare l'impresa...

– E quale sarebbe? – chiede il Gatto.

– Il gol più lungo del mondo! – annuncia orgoglioso il cervellone. – Abbiamo un mese di tempo per organizzare tutto nei dettagli. Non sarà facile perché l'operazione è complessa, ma sono sicuro che ce la faremo.

Un mese più tardi, ecco il grande giorno.

Tommi e Rafa, in tenuta da Cipolline, sono sul dischetto del centrocampo dello stadio di San Siro, pronti a battere il calcio d'inizio. Accanto a loro c'è un arbitro. Lo stadio è completamente vuoto.

Come vedi, saranno il capitano e il Niño i protagonisti dell'impresa. Tommi se lo merita perché è il fondatore delle Cipolline, lo spagnolo è stata una scelta quasi obbligata e presto capirai perché.

– Pronti, ragazzi? – chiede Alfonso, il regista della trasmissione. – Tra pochi secondi cominceremo. Quando vedrete accendersi la luce rossa sulla telecamera, potrete iniziare. Mi raccomando: rispondete alle domande del presentatore, che racconterà in diretta l'impresa.

Alfonso aspetta che scattino le 11 in punto, poi fa un cenno all'arbitro che fischia l'inizio della sfida. Rafa dà un calcetto al pallone che rotola verso i piedi di Tommi.

– Amici dei record, il gol più lungo del mondo è appena cominciato! – annuncia con un gran sorriso Romeo, un capellone biondo che indossa una sgargiante camicia rossa. – Ce la faranno i nostri piccoli eroi? Seguiteci e lo scopriremo insieme! Come state ragazzi? Siete in forma?

– Mai stati così bene! – risponde il Niño mentre palleggia di testa. – Quando io e Tommi decidiamo di fare gol, è difficile che qualcuno riesca a fermarci...

– Ben detto! – approva il presentatore. – L'ottimismo è il primo ingrediente di un record. Volete salutare qualcuno all'inizio dell'impresa?

– Il nostro allenatore Gaston Champignon e i nostri compagni di squadra, – risponde Tommi – perché anche se qui siamo solo in due, in realtà partecipano tutte le Cipolline. Noi siamo un fiore solo.

– Splendido messaggio! – si complimenta Romeo. – E ora coraggio, che la strada è lunga...

– No, – risponde Tommi – proseguiamo fino a piazzale Lotto e lì prenderemo la metropolitana fino a piazzale Loreto, dove ci stanno aspettando.

– Ok ragazzi, a più tardi allora – annuncia Romeo. – Ricordo a voi e ai nostri telespettatori che dovrete sempre tenere la palla tra i piedi: se passeranno più di quindici secondi tra un tocco e l'altro o se uno di voi due resterà più di trenta secondi senza toccarla, l'impresa verrà annullata. Per questo vi seguiranno ovunque due giudici armati di cronometro... In bocca al lupo, Cipolline!

Tommi e Rafa percorrono il lungo viale alberato che porta a piazzale Lotto, scendono le scale della metropolitana palleggiando di testa e acquistano i biglietti al distributore automatico. Rafa lo timbra per primo, mentre Tommi gli passa la palla con un colpo a cucchiaio che scavalca i tornelli. Palleggiano sulla banchina in attesa del treno, salgono sulla linea rossa e si scambiano il pallone con piccoli tocchi in un angolo del vagone, sempre seguiti dalla telecamera e dai giudici.

Le due Cipolline scendono alla fermata Loreto e, con la scala mobile, risalgono in superficie dove trovano Donato in tenuta d'autista.

– Ciao papà! – saluta Tommi, prima di passare la palla a Rafa.

– Ciao ragazzi, tutto bene? – chiede Donato.

– Quindi lei è il papà del numero 9! Lo aiuterà a realizzare il record? – chiede Romeo.

– Esattamente – conferma Donato. – Io guido questo autobus tutti i giorni. Oggi ho ottenuto il permesso di trasportare due passeggeri eccezionali.

Tommi sale sulla 54 di papà, Rafa stringe il pallone tra le caviglie e con un balzo lo porta a bordo.

Donato guida fino all'aeroporto di Linate, parcheggia l'autobus e accompagna i ragazzi all'interno del terminal. Ha già in tasca i biglietti per il volo. Esegue le operazioni di check-in mentre i ragazzi continuano a passarsi la palla.

Al momento del controllo bagagli, Donato posa sul nastro scorrevole lo zaino che passa nel piccolo tunnel dove si analizza il contenuto, poi attraversa deciso la porta del metal-detector.

Tommi, che non ha bagaglio, pensava di dover passare solo dal metal-detector, ma una guardia lo ferma: – Il pallone deve passare dal nastro.

Il presentatore interviene all'istante: – Cari amici dei record, un piccolo intoppo per i nostri campioni…

Non è così facile far passare il pallone attraverso quella porticina. E naturalmente non possono usare le mani…

Tommi allora calcia la palla con un colpo a cucchiaio verso Rafa, che di testa imbuca il tunnel che analizza le valigie.

– Bravissimi! Gol al primo colpo! – esclama entusiasta Romeo che, però, dopo pochi secondi cambia espressione.

Il pallone infatti non riesce a uscire dall'altra parte del tunnel.

– Grande Tommi! – esclama il presentatore. – Ha recuperato il pallone! Ma avrà fatto in tempo? O sono già trascorsi i quindici secondi del regolamento?

La telecamera inquadra i due giudici, che fanno ok con le mani.

– Meraviglioso! – esclama Romeo. – Amici dei record, il gol più lungo del mondo è salvo! Forza, ragazzi!

Rafa e Tommi tirano un gran sospiro di sollievo e riprendono a palleggiare.

Alle ore 14,05 le due Cipolline, accompagnate da Donato, s'imbarcano sul volo Milano-Madrid, dove possono finalmente rilassarsi. Si siedono uno accanto all'altro e, per tenere viva l'azione, si passano ogni tanto la palla che sta in mezzo a loro. Così possono consumare il pasto servito dalle hostess, mentre i due giudici controllano che non passino troppi secondi tra un tocco e l'altro.

All'aeroporto di Madrid Tommi e Rafa trovano un altro autista d'eccezione, Augusto, partito apposta da Milano il giorno prima con la Cipo-line.

– Un pullman veramente pittoresco – si complimenta Romeo.

– È la carrozza ideale per accompagnare i nostri

ragazzi verso l'impresa – spiega Augusto. – Ci ha già portato verso molti trionfi...

– Benissimo – conclude il presentatore, sistemandosi i folti capelli. – Tutti a bordo, allora!

La Cipo-line attraversa il gran traffico di Madrid e varca il cancello dello stadio Santiago Bernabeu alle ore 18,40. Lo stadio è già pieno di spettatori, perché tra poco comincerà la partita del Real Madrid. Naturalmente l'organizzazione della trasmissione si è messa d'accordo con il club spagnolo e, infatti, alcuni inservienti del Real fanno strada alle due Cipolline, che continuano a palleggiare finché si ritrovano a bordo campo...

– Cari amici dei record, eccoci in un vero tempio del calcio, il mitico stadio Bernabeu! – annuncia Romeo.

Come ricorderai, Rafa e Tommi lo hanno già visitato, ma quando era vuoto: entrarci con le tribune piene e la palla al piede fa tutta un'altra impressione...

In quel momento l'altoparlante spiega al pubblico il tentativo di record dei due ragazzi e precisa che uno dei due è spagnolo e ha giocato nelle giovanili del Real.

Perciò, appena le due Cipolline entrano in campo di corsa, dalle tribune si leva una vera e propria ovazione. Tommi e Rafa provano un'emozione che non dimenticheranno tanto facilmente.

– Ci siamo, capitano… – prova a sorridere Rafa.

– Il tiro lo fai tu – decide Tommi. – Questo è il tuo stadio.

Ma all'improvviso tra i pali compare Iker Casillas, il mitico portiere del Real Madrid.

– Addio record… – sospira il Niño. – Come faccio a segnare con un portiere così?

– Semplice – spiega Tommi. – Aspetta il mio cross e quando hai la palla pensa di essere all'oratorio davanti alla porta dei Kappa…

Poi si toglie i guanti e va a complimentarsi con i due ragazzi, mentre lo stadio saluta il gol con un uragano di applausi.

Quando i due giudici danno l'ok, il presentatore annuncia alla telecamera: – Cari amici dei record, questi due giocatori sono entrati ufficialmente nel libro dei primati! La loro impresa è riuscita: avete appena visto il gol più lungo della storia del calcio!

Sono le ore 19 in punto.

Perciò ora sai che il gol più lungo del mondo misura esattamente millecinquecentoottanta chilometri, cioè la distanza tra Milano e Madrid, ed è durato otto ore.

Lo hanno segnato... le mitiche Cipolline!

S

SABATINO

È il fratello di Loris che lavora nell'officina-carrozzeria di suo padre Walter. Naturalmente ha il codino anche lui. Come meccanico è davvero in gamba: è lui che fa volare la mini-moto di Issa.

È innamorato cotto di Clementina, la cugina di Tommi. Infatti le ha già chiesto di sposarlo.

SABATINO

SAGRADA FAMILIA

È la stranissima chiesa che abbiamo visto a Barcellona. Ha delle torri grasse e tutte bucherellate: sembra un castello di sabbia costruito in spiaggia dai bambini. Ma… bambini molto pigri, perché i lavori della Sagrada Familia sono iniziati oltre un secolo fa e non sono ancora finiti!

Quando siamo andati in spiaggia le gemelle e Dante hanno provato a costruire una specie di castello con le torri affusolate, prendendo spunto dall'opera di Gaudí. Poi l'hanno decorato con piccoli vetri e sassolini: un vero capolavoro!

SARA

Sara Maini è nata a Firenze. A differenza di Lara, ha un piccolo neo sotto l'occhio destro e porta i capelli sciolti. Altra particolarità: ha una forte simpatia per Angelo, l'ex Kappa diventato Cipo-K. Per il resto, lei e la gemella hanno gusti e passioni molto simili. Se vuoi saperne di più, torna alla voce "Lara".

SASHIMI TOKYO

È stata la prima squadra che abbiamo affrontato nel torneo della Forchetta d'Oro di Parigi: in gara c'erano i ristoranti di tutto il mondo e i giocatori di Tokyo rappresentavano la cucina giapponese. Li abbiamo battuti 3-1.

SASSOLINI DI MATERA

È la squadra di Matera che abbiamo affrontato a Coverciano. Indossano una maglia gialla che li fa sembrare tante api... Anche se erano scarsi, in campo noi Cipolline abbiamo avuto qualche difficoltà: la loro porta sembrava stregata! E così abbiamo perso 1-0.

SAVERIO

È uno dei più fedeli collaboratori di Tommi, diciamo così. Ala destra velocissima, faceva cross per il capitano già nell'Accademia Blu. I due poi si sono ritrovati all'Inter e nelle Cipolline, anche se poi Saverio è entrato nei 10&Lodi. È un giocatore corretto: per questo non approvava i metodi di Walter, maestro di scorrettezze.

SAVERIO

SCALINI DI VERONA

Abbiamo affrontato gli Scalini nel Torneo delle Regioni di Roma. Avevano un numero 7 dalle scarpe gialle pericolosissimo...

È stata una partita difficile perché, a causa del mal di gambe di Becan, di Joao e dei gemelli, abbiamo giocato in inferiorità numerica. Ci siamo salvati con un pareggio grazie a un'idea di Dante e a una doppietta di Tommi che ci ha portato al 2-2.

Del racconto storico del cervellone abbiamo già parlato alla voce "Orazi e Curiazi".

SCHEGGIA

È uno degli avversari più forti che abbiamo mai incontrato: infatti l'attaccante di colore numero 99 dei Leoncini di Brescia non solo ha i capelli uguali a Mario Balotelli, ma anche il modo di giocare...

SCHELETRO

Ne abbiamo sempre uno al seguito. Il suo nome è Aiuto: di lui abbiamo già parlato alla lettera "A".

SCHEMA FIORE

Questo schema è perfetto sui calci d'angolo.

Funziona così: ci abbracciamo tutti al centro dell'area di rigore, come per esultare dopo un gol, mentre gli avversari ci guardano sorpresi, non sapendo chi marcare. A quel punto, appena la palla calciata da Dante dalla bandierina spiove verso l'area di rigore, ci sparpagliamo velocemente e, prima che gli avversari riescano a intervenire, qualcuno di noi si ritrova libero di tirare in porta.

Lo schema "fiore" ci è riuscito alla grande nella finale del campionato a sette, vinta contro l'Accademia Blu. Come dice Champignon: «Con gli abbracci si fa sempre gol!».

SCHEMA PALLAVOLO

È un'idea che Augusto ha avuto quando si è trovato a dirigere la squadra contro i Diavoli Rossi al posto di Gaston.

Ci siamo disposti tre davanti e tre dietro e, a ogni nuova azione di attacco, scambiavamo la nostra posizione in campo. Così per gli avversari diventava difficile marcarci, dato che stavamo un po' in attacco e un po' in difesa. Approfittando della loro confusione, abbiamo fatto gol.

SCHEMA TENDINA

Lo ha inventato Gaston Champignon nella partita

contro gli Ambrogini: i nostri avversari, infatti, avevano creato un muro di cinque centrocampisti che non riuscivamo in nessun modo a superare.

Perciò, all'intervallo, il mister ci indicò la tendina della doccia e spiegò: «Se la spostiamo da un lato, si crea lo spazio per passare. Giusto?».

Con questo voleva dirci che dovevamo attirare i centrocampisti su un lato del campo e poi lanciare velocemente un'ala sul lato opposto.

E così abbiamo fatto nel secondo tempo: Joao si è messo a palleggiare a sinistra e gli Ambrogini l'hanno subito circondato. Allora ha passato la palla a Dante, che ne ha approfittato per rilanciare a Becan, tutto solo sulla destra. Poi un cross e una splendida rovesciata di Rafa: gol! Missione compiuta.

SCHEMA ZANZARA

Questo schema purtroppo lo abbiamo subito dalla Virtus B, nel campionato a sette...

Al fischio d'inizio, un giocatore ha toccato la palla passandola a un compagno che ha calciato lungo verso la nostra area di rigore. Il resto della squadra si è lanciato subito in attacco come uno sciame di zanzare. I nostri difensori, sorpresi da quell'assalto, non hanno saputo reagire e non hanno marcato nessuno. Così abbiamo preso gol...

Certo, se avessimo recuperato la palla avremmo segnato noi, dato che loro erano tutti sbilanciati. Ma nel calcio chi rischia viene quasi sempre premiato...

SCHUSTER

È la prima squadra che abbiamo affrontato su un campo a undici. I verdeneri del Centro Schuster si allenano vicino al parco Lambro.

In quella partita giocammo un primo tempo

disastroso: passare dal campo piccolo a quello grande ci aveva creato molte più difficoltà del previsto…

SCORPIONE

Della parata e del tiro dello scorpione vedi alla voce "Parata dello scorpione".

Questo animale è raffigurato anche sul braccio di Achille: quando era un bullo, questo tatuaggio faceva molta impressione a Lino.

SCUDETTO

Noi ne abbiamo vinti due: quello provinciale a sette, battendo in finale l'Accademia Blu, e quello provinciale a undici, superando nello spareggio quei simpaticoni dei Kappa.

SERGIO

È l'allenatore del Centro Schuster, squadra di cui abbiamo parlato alla voce "Schuster". È alto, con i baffi e senza capelli. È molto gentile e ospitale: in quella occasione ci diede buoni consigli e ci incoraggiò.

SIMONE

È lo zio di Tommi, che si è sposato proprio il giorno dello spareggio-scudetto con i Kappa. Per assistere al suo matrimonio, il nostro capitano ha rischiato di non arrivare in tempo da Siena. Ma grazie all'aereo privato del papà delle gemelle tutto è finito bene: con uno scudetto sul petto!

SKATEBOARD

Dopo il calcio, è lo sport preferito di Rafa: è così bravo che quando va sulle rampe del parco Forlanini riesce persino a fare le capriole in aria! Con lui danno spettacolo anche Gigia e Spillo.

SKELETRON

È il mitico complesso musicale formato da Augusto (batteria), Ciro (chitarra), Gatto (violino), Sara e Lara (tastiere). Alla voce si sono susseguiti Rafa, Egle e Vlado. Quando suonano, indossano una maglietta nera con un teschio bianco stampato sopra e sul palco tengono come portafortuna lo scheletro Aiuto, che ha ispirato il nome della band. Una delle loro canzoni più famose è *Vorrei che fossi vicina e non in Cina*, scritta da Tommi per Egle. Ci è piaciuta molto anche la canzone *Cipo-ok capitano* che Ciro ha scritto per Tommi, appena rientrato nelle Cipolline.

Gli Skeletron hanno debuttato al Concerto del parco Forlanini: sono stati così bravi che hanno suonato anche al Concerto di Natale in Piazza del Duomo.

SOFIA

La signora Sofia era una celebre ballerina che danzava nei più prestigiosi teatri del mondo.

Un giorno, mentre si trovava a Parigi, andò a cena nel ristorante di Gaston Champignon: fu un colpo di fulmine. Il loro primo bacio avvenne su un barcone sulla Senna, proprio come Tommi con Egle… Il nostro allenatore si

SOFIA

è poi trasferito in Italia per amore della moglie, che ora insegna danza a Milano.

È molto amica di Lucia, mamma di Tommi, e di Daniela, mamma delle gemelle. Con loro si ritrova spesso a chiacchierare nella tisaneria di Eva.

SPARVIERO

È un gioco che facciamo spesso negli allenamenti. Partiamo tutti da centrocampo e cerchiamo di raggiungere una porta evitando che Sara e Lara, che si tengono per mano, ci intercettino. Chi viene toccato si trasforma in cacciatore e si unisce a loro. In questo modo è sempre più difficile per le prede attraversare il campo.

L'esercizio è molto utile per i difensori, che si allenano a seguire gli spostamenti dei compagni a cui sono uniti: una buona difesa, infatti, deve muoversi come se fosse un fiore solo e non come tanti petali. Ma è utile anche per gli attaccanti, le prede, che allenano il dribbling e le finte di corpo.

SPEEDY FLOWERS

Il nome della panineria a base di fiori che Silvio

Moggetti voleva aprire al posto del *Petali in pentola*. Abbiamo raccontato questa storia alla voce "Moggetti".

SPILLO

Il suo vero nome è Riccardo Acerbis, ma noi lo chiamiamo Spillo perché l'ultima cosa a cui assomiglia è proprio uno spillo. È figlio di Roberto, vigile urbano, e di Beatrice, segretaria. A scuola va fortissimo... nella ricreazione! Ha scoperto la passione per il calcio grazie alle Cipolline. Prima il suo grande amore era il wrestling. Per qualche mese ha seguito anche un corso di judo e uno di skateboard. Gli piace indossare felpe e pantaloni abbondanti da surfista.

Nonostante il suo dolce peso, è agilissimo tra i pali, ha un grande senso della posizione e incanta il pubblico con parate spettacolari. Il suo modello è Gigi Buffon, numero 1 della Nazionale. Ma i suoi tuffi preferiti li fa quando deve bloccare una meringa alle rose che esce dal forno di Champignon...

STELLE NASCENTI

È la squadra incontrata nel primo campionato a

undici. All'inizio erano un gruppo di compagni di scuola che giocavano senza allenatore. Per questo motivo, rischiavano di non potersi iscrivere al campionato... Per fortuna poi si è offerta la loro professoressa di italiano, Marilena, una tipa davvero in gamba.

All'inizio raccoglievano sconfitte e valanghe di gol, ma avevano grande passione e voglia di imparare: così dal girone d'andata a quello di ritorno hanno fatto grandi progressi. Come ci ripete mister Champignon, alla nostra età il più bravo non è quello che fa le cose migliori, ma chi migliora di più le proprie cose.

SUOR CAMILLA

È una suora grande e grossa che in ospedale ha marcato Gaston Champignon meglio di un terzino...

Il nostro allenatore era ricoverato al San Raffaele per

SUOR CAMILLA

un piccolo intervento al cuore e voleva ascoltare al telefonino la cronaca della nostra partita. Ma suor Camilla ha intercettato il suo tentativo ed è intervenuta con uno scatto da tigre...

Naturalmente lo faceva per il bene di Champignon, per evitare che si agitasse troppo. E infatti il mister ha molta gratitudine per le sue cure.

SUPER VIOLA

Squadra incontrata nel primo campionato a undici. Indossavano maglie viola con un disco bianco sulla pancia e numeri d'oro.

Era la squadra di Tamara, un mediano tosto che si ispira al romanista Daniele De Rossi.

T

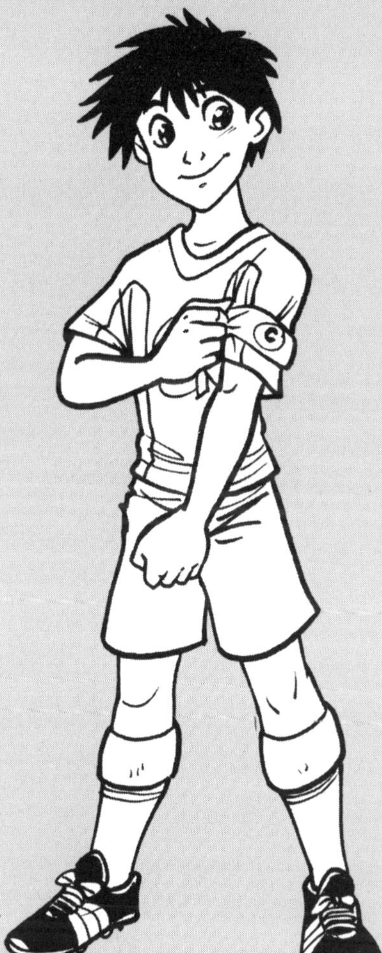

TAI JI QUAN

È una tecnica di rilassamento orientale che il nonno di Chen ha insegnato a Dante. Si fa una serie di movimenti molto lenti con le gambe e con le braccia e ci si concentra sulla respirazione.

Grazie a questa tecnica, Dante è riuscito a controllare meglio le proprie emozioni e a farsi coraggio per affrontare le insidie del campionato a undici che l'aveva messo molto in difficoltà. Ancora oggi in spogliatoio, prima di una partita, ripete questi movimenti per concentrarsi. Come dice Spillo: sembra un'azione alla moviola.

TALENTI DI SOTTO IL MONTE

È una squadra molto forte atleticamente, che abbiamo affrontato nel campionato regionale.

Indossano una maglia a strisce verticali bianche e azzurre. Provengono da Sotto il Monte, in provincia di Bergamo, un paesino che è il luogo natale di papa Giovanni XXIII, il Papa Buono.

Prima della partita abbiamo visitato la sua casa e il museo a lui dedicato.

TALENTI DI TORINO

Ci hanno letteralmente asfaltati al Torneo delle Regioni di Roma… Il motivo è chiaro: a giocare eravamo solo in cinque, perché i gemelli, Joao e Becan erano in panchina, con le gambe dure come il marmo. Si erano messi a fare i canguri sulla scalinata di Trinità dei Monti…

TAMARA

È un mediano da combattimento, come il romanista De Rossi, suo idolo.

Giocava nei Super Viola, prima di passare ai Kappa quando Walter ha formato lo squadrone per sfidarci nel campionato a undici. Con la fusione, è diventata una Cipo-K.

Ha una grande passione per la lettura: le piacciono soprattutto i gialli e le storie di misteri.

TAMARA

TAMBURI

Quelli di Carlos e dei suoi parenti brasiliani ci hanno accompagnato alla conquista di due scudetti. Dopo la fusione, il papà di Joao si è messo a suonare per i 10&Lodi, la nuova squadra del figlio. Da allora abbiamo cambiato musica: a incitarci, adesso, ci sono i bonghi e le trombette africane dei genitori di Diouff.

TANIA

È la cugina di Joao, sorella di Rogeiro, che abbiamo conosciuto a Rio de Janeiro. Ha dei bellissimi occhi chiari. Quando è venuta in vacanza in Italia ha giocato nelle Cipolline e ci ha aiutato a battere i Diavoli Rossi.

TAPAS

Sono una specialità della Spagna. Sono piccole porzioni di un po' di

TANIA

tutto: pesce, verdure, formaggio, prosciutto... Mettendo insieme qualche *tapas* si fa una cena veloce e gustosa. La regola di Spillo è questa: non importa se i piattini sono piccoli, l'importante è che siano molti!

TEGAMINO

È il figlio di Pentola. Per alcuni giorni il gatto di Champignon era sparito: dopo essere stato aggredito da Carlino, il (non) simpaticissimo cane di Egle, non si era fatto più vedere. Ritornò a sorpresa durante la festa che organizzammo al *Petali in pentola* per festeggiare la vittoria del primo girone di campionato: spuntò dalla porta seguito da un gattino minuscolo, identico a lui. Un piccolo Pentola...

Per questo Lino propose di chiamarlo Tegamino e a tutti sembrò il nome giusto.

TERRIBILI

È il soprannome di Terry e Billy, di cui parliamo alla "T" e alla "B", ma è anche il nome della loro band: Terry suona le tastiere, Billy la batteria. Al Mondialino hanno suonato canzoni dei Beatles.

TERRY

Insieme a Billy forma la coppia dei Terribili. Sono i difensori dell'Inghilterra che abbiamo conosciuto al Mondialino e che poi sono stati reclutati a sorpresa dai 10&Lodi. Di loro abbiamo parlato alla voce "Billy".

TERRY

TICINO F.C.

I ragazzi del Ticino Football Club giocano a Pavia e indossano una maglia a strisce verticali bianche e rosse.

È la prima squadra che abbiamo affrontato nel campionato regionale: ci ricordiamo ancora il loro numero 17, Pedro, un tipo davvero scatenato!

TITÌ

Il suo vero nome è Louis, ma gli amici lo chiamano

Titì, come Titì Henry, il grande attaccante francese che ha giocato in Inghilterra e in Spagna. Lo abbiamo affrontato a Parigi, nel torneo della Forchetta d'Oro, e al Mondialino sul lago di Como.

Ha grande tecnica, ottimo dribbling in velocità e un bel tiro. È stato di sicuro uno degli attaccanti più forti che abbiamo incontrato.

Ma per Tommi è stato un avversario tosto anche fuori dal campo perché lui, ricciolino mulatto, galante come tutti i francesi, si è presentato con un mazzo di fiori per Egle...

TITINA

È la cagnolina dal muso a punta sbarcata da Mosca insieme alle ballerine Olga, amica di Egle, a Irina e alla signora Natasha, insegnante di danza.

TITTI

È la bravissima numero 1 della Virtus B. Fece delle splendide parate nel primo campionato a sette e ci inchiodò sull'1-1. Persino Tommi le fece i complimenti. Il capitano, in realtà, le aveva segnato il gol del

2-1, ma di mano... L'arbitro non se n'era accorto, dato che sembrava che avesse colpito il pallone con la testa. Ma Tommi preferì confessare il suo errore: una Cipollina non bara mai!

TOMMI

Tommaso Franchini è nato a Milano; suo papà Donato guida l'autobus numero 54, mentre sua mamma Lucia fa la postina.

Un tempo era il centravanti dell'Accademia Blu ma poi, insieme a Gaston Champignon, ha fondato la squadra delle Cipolline, scegliendo i primi giocatori. Per questo motivo, ma anche perché è il più bravo, è lui il capitano.

TITTI

La fascia se l'è guadagnata quando ha lasciato l'Inter per tornare da noi Cipolline, che in quel periodo eravamo piuttosto in difficoltà.

È stato il suo gol più bello: un gol da vero amico...

Una volta, per le Cipolline, Tommi ci ha lasciato anche un piede! Glielo aveva rotto quel bisonte di Vlado. Ma quando ha tolto il gesso il capitano è tornato più forte di prima. Senza i suoi gol non avremmo mai vinto scudetti e coppe.

A parte il calcio, la sua grande passione è... Egle. Tommi e la ballerina sono inseparabili, anche se ogni cinque minuti litigano per gelosia.

TORNEO DELLE REGIONI

È il torneo di Roma che ha messo in gara le migliori squadre di ogni regione d'Italia. Noi Cipolline siamo arrivate seconde, sconfitte in finale dai Lupacchiotti.

TORO

Spillo di sicuro se lo ricorderà per tutta la vita...

Eravamo in viaggio da Barcellona a Madrid e, durante una sosta in campagna, ci avvicinammo al recinto di un toro grosso come un tram. Spillo entrò per recuperare il pallone che era finito lì. Indossava un piumino rosso: quel testone pensava che vedendo rosso il toro si sarebbe fermato come a un semaforo… Ma tutti sanno che invece, quando vede quel colore, il toro carica!

E così è successo: il bestione è partito sbuffando come una locomotiva e Spillo è rimasto impietrito dalla paura. Meno male che Achille e Bruno hanno avuto i riflessi pronti! Lo hanno afferrato di peso e lo hanno portato in salvo. Dovevate vedere la faccia di Spillo: era bianca come il dischetto del rigore…

IL TORO

TOTTI

Abbiamo conosciuto il grande fuoriclasse nel bar del nostro albergo romano. Francesco Totti ci ha firmato gli autografi e ci ha incoraggiato a dare sempre il nostro meglio in campo. Peccato che quando è venuto a vedere il Torneo delle Regioni non ha tifato per noi, ma per i Lupacchiotti di Roma...

Lino è riuscito a strappargli uno scoop: i dirigenti del Real Madrid stavano cercando di comprare il giallorosso, ma per fortuna Totti ha scelto di rimanere nella squadra della sua città.

TURCHINO NAPOLI

È la squadra di Mimmo, il forte numero 10 cugino di Ciro. Hanno giocato contro di noi nel Torneo delle Regioni. Erano molto forti in attacco: facevano tiri corti e precisi. Ma noi Cipolline siamo riusciti a batterli 3-2.

CIPO-STORIA

TOMMI E LA FIGURINA MANCANTE

Con un sorriso di soddisfazione Tommi attacca la figurina adesiva nell'unica casella ancora vuota sulla pagina dell'album.

– E con Nocerino ho completato anche il Palermo! – esulta il capitano.

– Mitico! – esclama Donato. – Dammi un "Cipo-ok"!

Padre e figlio incrociano i pugni con i pollici sollevati, il saluto delle Cipolline.

Poi Donato prende in mano l'album e lo sfoglia: – Quante te ne mancano adesso?

– Solo due – risponde Tommi. – Pepe della Juventus e Zanetti dell'Inter. Ancora due figurine e per la prima volta completo un album!

– Ti invidio, sai? Io alla tua età non ne ho mai completato uno – racconta Donato.

– Eri così sfortunato? – chiede Tommi.

– Non era questione di sfortuna – spiega papà. – A

me piaceva un sacco giocare con le figurine e, quando sfidavo i miei compagni, finivo sempre per perderle.

– In che senso giocavi con le figurine? – chiede incuriosito il capitano.

– Avevamo mille giochi – risponde Donato. – Voi no?

– A dire il vero, no. Al massimo ci scambiamo le doppie, – spiega Tommi – ma giochi veri e propri non ne facciamo.

– Ma il bello delle figurine è giocarci! – esclama l'autista della 54. – Come dice Gaston Champignon? Chi si diverte non perde mai, giusto? Voi con le figurine perdete sempre, allora. Noi sì che avevamo fantasia...

– Senti papà, invece di fare tante prediche perché non mi insegni qualche gioco? – chiede il capitano.

Donato si sposta accanto a una parete della stanza, sparpaglia a terra alcune figurine, poi ne schiaccia una con il pollice contro il muro.

– Questo gioco si chiama "muretto" – spiega Donato. – Devi cercare di far atterrare la tua figurina su una di quelle a terra. Quella che ricopri diventa tua. Il segreto è dove metti il pollice sulla figurina che schiacci al muro e il modo in cui lo togli per farla volare. Io, modestamente, ero un campione in questa specialità... Te lo dimostro: la vedi la figurina di Buffon a terra? Ora ci atterrerò sopra con la mia e la vincerò.

Donato si concentra, poi, quasi di scatto, stacca il pollice dal rettangolino di carta. La figurina vola nell'aria come una farfalla, gira su se stessa e plana proprio su Buffon...

– Mitico! – esclama ammirato Tommi. – Ma come hai fatto?

– Anni e anni di allenamento e un certo talento personale... – risponde papà. – Perché non provi tu adesso?

Il capitano ne schiaccia una al muro, ma appena stacca il pollice la figurina precipita sul pavimento come un sacco di patate...

– Mi sa che ho bisogno di un po' di esercizio... – commenta Tommi, grattandosi la testa.

– Lo credo anch'io – concorda Donato. – Ora ti insegno un altro gioco. Questo è più semplice: chi lancia la figurina più lontano vince quelle degli avversari. Comincia tu.

Tommi ne prende una e la studia per capire il modo migliore per lanciarla. Poi la scaglia come avrebbe fatto con un sasso nel laghetto del Forlanini.

– Vedo che i miei due bambini si stanno divertendo un mondo… – commenta la mamma del capitano.

– Scusa amore, non ti avevo vista – si giustifica Donato. – Stavo insegnando a questo dilettante qualche trucco con le figurine. Non sa neppure lanciarle…

– Vi faccio vedere io – risponde Lucia, che raccoglie la figurina e la lancia con due dita come aveva fatto il marito.

Il rettangolino di carta attraversa di nuovo la stanza come un razzo e si schianta sulla pancia di Donato.

Tommi resta a bocca aperta: non sapeva di essere figlio di due lanciatori professionisti di figurine...

Nei giorni seguenti il capitano chiede aiuto alle Cipolline.

– Mi mancano solo due figurine per completare l'album, ragazzi – spiega Tommi. – Mi piacerebbe riuscirci entro il mio compleanno. Vorrei farmi questo regalo...

– Quali ti mancano? – s'informa Joao.

– Pepe della Juve e Zanetti dell'Inter – risponde il capitano.

– Ok, allora dovremo chiedere a tutti gli amici che conosciamo e che fanno la raccolta se le hanno tra le doppie – propone Ciro.

Se c'è una cosa che non manca alle Cipolline è lo spirito di squadra...

Infatti, dopo pochi giorni la figurina di Pepe sbarca sull'album del capitano.

– Evviva! Ora mi manca solo Zanetti – conclude Tommi soddisfatto.

– Sì, ma mi sa che non sarà tanto facile trovarlo – commenta Becan. – Sembra strano, ma tutti quelli che conosco lo stanno cercando...

– Hai ragione – conferma Sara. – A tutti i ragazzi a cui ho chiesto aiuto manca proprio Zanetti.

E infatti, a pochi giorni dal compleanno di Tommi, non c'è ancora nessuna traccia della misteriosa figurina. Donato si accorge della delusione del figlio, perciò gli scatta una delle sue idee folli.

Una sera torna a casa e rovescia sul tavolo una montagna di pacchetti di figurine.

Tommi resta a bocca aperta: – Ma saranno almeno un centinaio…

– Molti di più, fidati – precisa Donato. – Ho saccheggiato tutte le edicole della tratta della 54. Se non lo becchiamo adesso, non lo becchiamo più.

– Avrai speso un patrimonio, papà… – osserva il capitano.

– Non preoccuparti. Avevo in mente di comprarmi una cuffia nuova per lo stereo, – spiega Donato – ma mi sono reso conto che quella vecchia funziona ancora benissimo. Perciò, ti ho fatto un regalo in anticipo per il compleanno. Forza, scartiamoli e facciamo saltare fuori questo benedetto Zanetti.

Tommi si avventa con entusiasmo sui pacchetti, felice non tanto per la montagna di figurine, ma per la gioia di avere un papà così…

A ogni maglia nerazzurra che spunta il suo cuore accelera, per poi rallentare nella delusione. Appena legge il nome "Zanetti", il cuore gli sale di colpo fino alle tonsille.

– Eccolo! – esclama con un urlo.

Ma poi si rende conto dell'abbaglio: – Accipolla, è lo Zanetti sbagliato: è Cristiano, quello che giocava nella Juve...

Scartano l'ultimo pacchetto proprio mentre entra in casa Lucia: – Sta arrivando un gran temporale, chiudete subito le finestre!

Poi si accorge della montagna di figurine sul tavolo.

– Ma quante ne avete comprate? – chiede Lucia.

– Tante per niente... – risponde deluso Donato.

– Io ne ho comprata una sola: mi sento una spilorcia... – dice la mamma.

– Grazie lo stesso per il pensiero – la conforta Tommi, aprendo il pacchetto senza troppe illusioni.

Invece, a sorpresa, spunta l'introvabile figurina!

Il capitano salta in braccio a Lucia e non smette più di baciarla: – Mitica, mamma!

In quel preciso istante una ventata di aria fredda spalanca le finestre, solleva le figurine in un vortice e strappa dalla mano di Tommi quella di Zanetti.

Il pomeriggio seguente, mentre le Cipolline giocano a Mundial, Loris e Duccio si avvicinano alla porta.

– Guarda cosa ho trovato per terra – annuncia il fratello di Sabatino. – Mi hanno detto che la cercavi tanto.

Tommi osserva la figurina di Zanetti ed esclama: – È la mia! Mi è caduta ieri sera dalla finestra!

– *Era* tua, ora è mia – precisa Loris.

– Ma tu cosa te ne fai? – chiede Spillo. – Non fai neppure la raccolta.

– Posso sempre cominciare – ribatte il Kappa. – Se

questa è la più difficile da trovare, recuperare le altre sarà uno scherzo. Se vuoi... possiamo giocarcela.

– Cioè? – chiede Tommi.

– Io metto in palio Zanetti, tu il tuo album – propone Loris.

– Ma non è giusto! – protesta Sara.

– Io ci sto – taglia corto Tommi. – Come sarà la sfida?

– Una sfida da centravanti – spiega Loris. – Vieni qui domani a quest'ora. Vedremo chi vincerà.

Il giorno dopo i ragazzi si ritrovano all'oratorio Giovanni XXIII. Tommi mostra l'album, Loris la figurina di Zanetti, che poi affida a Duccio.

L'attaccante con il codino sistema uno sgabello sulla linea di porta e ci mette sopra una pila di cinquanta figurine. Poi spiega: – Un tiro a testa dal dischetto di rigore: chi fa cadere più figurine, vince. Ma senza colpire lo sgabello, sarebbe troppo facile...

– Ok – accetta Tommi. – Comincia tu.

Loris posiziona la palla sul dischetto, poi prende la mira e calcia un tiro potente e preciso che fa volare via più della metà delle figurine impignate.

Duccio sorride e batte un cinque con Loris. Le Cipolline guardano il loro capitano, preoccupate. Non sarà facile fare di meglio.

– Complimenti. Quello che è giusto, è giusto – concorda Loris, con sorprendente sportività. – Duccio, dagli la figurina.

Il difensore, con ancora le forbici in mano, consegna a Tommi la figurina di Zanetti tagliata in mille pezzettini.

– Ma è sleale! – protesta Joao.

– Perché? – chiede il codino. – Io avevo promesso che gli avrei dato la figurina, non ho detto in quale stato…

Loris e Duccio si allontanano ridacchiando.

Tommi rovescia nel cestino dei rifiuti la figurina

introvabile fatta a pezzi e, senza dir nulla, torna a casa.

Dante ci è rimasto così male per la cattiveria dei Kappa che gli è venuta d'istinto un'idea delle sue. Ne parla alle Cipolline, poi tutte insieme vanno a chiedere aiuto a Champignon.

Due giorni dopo è il compleanno di Tommi, che ha organizzato una festicciola a casa. Il capitano scarta felice i regali e, quando crede di avere finito, riceve da Dante una busta. La apre ed estrae una foto-tessera di Javier Zanetti con la maglia dell'Inter. Sul retro c'è scritto: *Da capitano a capitano, auguri!*

Tommi guarda i compagni per avere una spiegazione.

– L'idea è stata di Dante – racconta Spillo. – Visto che quella benedetta figurina sembrava irrecuperabile, ce ne siamo fabbricati una... Champignon ci ha accompagnato ad Appiano Gentile, dove si allena l'Inter, e abbiamo spiegato il caso a Zanetti che è stato gentilissimo. È venuto con noi in paese e si è fatto una foto-tessera.

Tommi va a prendere il suo album, spalma un po' di colla sul retro della foto, la incolla al posto vuoto ed esclama sorridente: – Grazie, ragazzi. Finalmente ho completato la collezione!

È la figurina più bella dell'album: un rettangolino pieno di amicizia.

4

ULTRÀ

Se i tifosi ultrà sono quelli violenti che espongono scritte offensive e cantano cori contro gli avversari, allora noi non li vogliamo.

Per questo, alla recinzione del nostro campo abbiamo appeso uno striscione di benvenuto per tutte le squadre, e i nostri sostenitori non tifano mai contro. Perché per le Cipolline gli avversari non sono nemici, ma semplicemente amici che giocano con una maglia diversa...

UNGHIE

Quelle di Lino un tempo erano spesso nere, perché Achille gliele prendeva a martellate. Ma, grazie a noi Cipolline, Achille ha smesso di fare il bullo e ha trovato un gruppo di veri amici. E le unghie del povero Lino hanno smesso di colorarsi...

UNGUENTO

D'inverno, quando fa molto freddo, Augusto ci consiglia di massaggiarci le gambe con l'olio canforato prima di entrare in campo: riscalda e ha un buon odore.

E poi, uno spogliatoio che profuma di olio canforato sembra quello dei calciatori veri...

URAGANO CLUB

È la prima squadra che abbiamo affrontato nel campionato a undici. Perdemmo 3-2 e loro vinsero meritatamente lo scudetto.

Avevano una maglia gialla con una grossa U sulla pancia. Il migliore era Angelo, numero 10, poi passato ai Kappa e diventato un Cipo-K con la fusione.

UVA

L'abbiamo mangiata la notte dell'ultimo dell'anno alla Puerta del Sol di Madrid. Se andate alla voce "Campanada", vi spieghiamo perché.

V

VALERY

Il Nico di Francia, per capirci. È un fortissimo e altissimo difensore centrale francese, che abbiamo incontrato al Mondialino. Sfrutta spesso la sua altezza anche in attacco per segnare gol.

VINCENT

È il regista francese che ha girato lo spot televisivo per fare pubblicità al ristorante di Champignon. Nel filmato abbiamo preso parte anche noi Cipolline e alcuni dei nostri genitori. Lo slogan era *Da Gaston c'est plus bon!* È stato molto divertente, a parte un piccolo incidente: Egle era ammalata e ha dovuto saltare le prove dello spot. Al suo posto, accanto a Tommi, ha recitato Arancha. Solo che poi in Tv hanno trasmesso non l'ultima registrazione fatta con Egle, ma le prove con la spagnola! La ballerina si è infuriata più del toro che voleva incornare il povero Spillo...

VINCENZO

È l'amico di Egle che doveva recitare la parte del

cervo nel saggio in piscina. Quando lo abbiamo visto con quelle corna in testa siamo scoppiati tutti a ridere e lui ci è rimasto malissimo.

Il guaio è che poi ce lo siamo trovati di fronte in campo... Come centravanti della Dinamo Blu ce l'ha fatta pagare a suon di gol.

VIOLETTE

È la sorella di Gaston Champignon, diventata famosa in tutto il mondo per la tecnica della "Pittura alla verdura". È stravagante e molto simpatica.

Ha sposato Augusto, l'autista delle gemelle e della Cipo-line: il loro matrimonio è stato bellissimo. Hanno invitato tutti a Firenze e, dopo la cerimonia, hanno organizzato una partita Scapoli-Ammogliati e una cena sulla spiaggia a Forte dei Marmi.

VIOLINO

È l'amatissimo strumento del Gatto. A volte se lo porta anche in campo... Durante l'andata del primo campionato regionale ha avuto un periodo di crisi: sembrava che le sue mani avessero perso la magia.

Ma poi in Spagna è guarito grazie ad Augusto che ha avuto una brillante idea: facendogli credere che fosse il suo prezioso violino, Dante ne ha buttato uno finto dalla finestra e il Gatto, per salvarlo, ha fatto una presa formidabile...

Suona il violino anche Reina, la carinissima amica di Arancha che abbiamo conosciuto a Madrid.

VIRTUS B

Squadra affrontata nel nostro primo campionato a sette. Spesso erano in difficoltà, dato che avevano giocatori più piccoli di un anno. Ma avevano grinta da vendere e un allenatore bravissimo, Paolo, di cui parliamo alla lettera "P".

Giocavano con la stessa maglia del glorioso Ajax, una squadra olandese: bianca con una banda verticale rossa.

VITAMINA

Non è una medicina, ma il nome dei buonissimi succhi al latte che vendevano sulla spiaggia di Rio de Janeiro.

VLADO

È l'ex bisonte dei Rapid Ball che ha spaccato il piede a Tommi con un'entrata da macellaio. Era un difensore potente e spesso scorretto. Per questo poi è diventato un Kappa... È migliorato un po' da quando, con la fusione, si è ritrovato una cipollina sul petto.

Ha un ragno tatuato sulla mano destra e qualche volta ha cantato nel gruppo degli Skeletron.

VLADO

VUVUZELAS

Sono le rumorosissime trombette diventate famose nel Mondiale del Sudafrica. Tutti le suonavano in continuazione, tanto che durante le partite trasmesse in televisione si sentivano solo quelle...

I genitori di Diouff le hanno distribuite ai sostenitori dei Cipo-K e ora, a ogni partita, ci sembra di essere al Mondiale...

W

WALTER

È il papà di Loris e Sabatino e gestisce un'officina-carrozzeria nel quartiere. Ha il codino, come i suoi figli, e va sempre in giro in moto.

Quando era l'allenatore dell'Accademia Blu ha dimostrato di essere un tipo piuttosto scorretto: infatti insegnava ai suoi giocatori a barare e quando sbagliavano li insultava…

Però un lato positivo ce l'ha: è stato lui a capire che il piccolo Issa sarebbe potuto diventare un campione sulle mini-moto. Per questo ha dato al nostro amico consigli molto utili.

WOLLO

È un amico del Gatto che ha giocato nel Mondialino come portiere dell'Oceania.

Ha capelli biondissimi, quasi bianchi, e viene da una famiglia di aborigeni, una

WOLLO

popolazione che un tempo viveva nelle foreste australiane. Dal nonno ha imparato a suonare uno strano strumento a fiato, il *didgeridoo*, un lungo tubo di legno che emette un suono cupo.

Wollo ha insegnato a suonarlo anche al Gatto e, in cambio, lui gli ha svelato alcuni trucchi da portiere. È migliorato così tanto che è stato votato miglior portiere del Mondialino.

WRESTLING

I lottatori mascherati che si affrontano sul ring sono la grande passione di Spillo. Il suo preferito è John Cena (si scrive come il pasto della sera, ma si legge "Sina"). Quando sale sul ring porta sempre una catena al collo.

Per questo ogni tanto ne mette una anche il nostro portierone, ma di plastica. Dante sostiene che gli serve per tenere legata la testa al resto del corpo altrimenti, sbadato com'è, la perderebbe...

Z

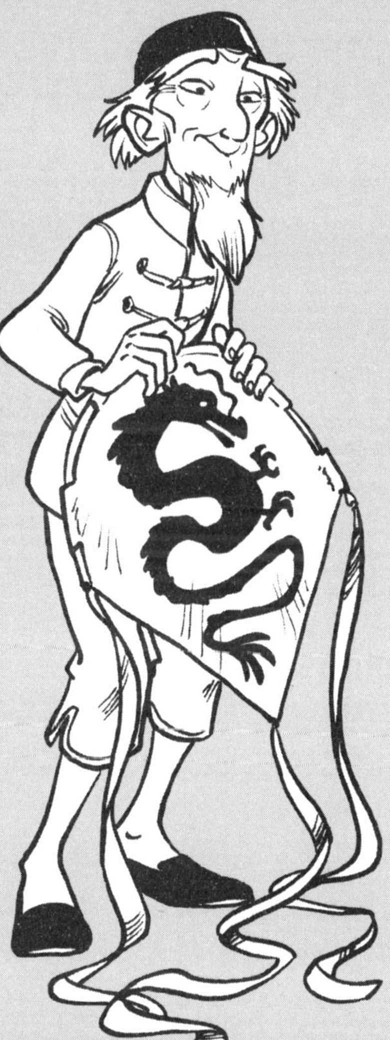

ZIAO

È il gentilissimo e geniale nonno di Chen che abbiamo conosciuto in Cina e che di mestiere inventa giochi. A Pechino, dove vive, ci ha mostrato la sua bellissima bottega. In quell'occasione ci ha regalato un aquilone e il gioco di carte che noi ora, in suo onore, chiamiamo Ziao. Ci ha donato anche un libretto di consigli tattici tratti dall'*Arte della guerra* del cinese Sun Tzu.

Ziao inoltre ha insegnato a Dante una tecnica di rilassamento. Ne parliamo alla lettera "T".

ZIDANE

Zinedine Zidane è stato un favoloso numero 10, che ha giocato anche nella Juventus e ha vinto il Mondiale con la Francia nel 1998.

Peccato che nella finale contro l'Italia nel 2006, la sua ultima partita, abbia dato una brutta testata al nostro Materazzi. Anni dopo i due avversari hanno fatto pace proprio nel ristorante di Gaston Champignon.

È stato giusto così, perché i campioni devono sempre dare il buon esempio ai ragazzi che li guardano.

ZUCCA

È una nostra fedele compagna di allenamento. Gaston Champignon in questi anni, oltre ai piatti, ha inventato un sacco di esercizi a base di zucca...

LE ZUCCHE DI CHAMPIGNON

IL SALUTO DEL CAPITANO

Cari amici,

siete arrivati fino alla "Z"? Allora per voi le Cipolline non hanno più segreti...

Mi auguro che vi siate divertiti a leggere questo manuale, così come ci siamo divertiti noi a scriverlo. È stato un po' come salire sulla macchina del tempo e tornare indietro fino alle nostre prime partite, alle nostre prime vacanze...

Abbiamo rievocato episodi ed emozioni che rischiavamo di dimenticare. Una vera enciclopedia serve anche a questo: a conservare per sempre su una pagina cose che il tempo farebbe volare via.

Volete un consiglio dalle Cipolline? Scrivete anche voi un'enciclopedia con i vostri amici! Vedrete, non è come mettersi a fare i compiti di scuola... Sarà piuttosto un gioco molto divertente. Garantito!

Potete ritrovarvi un pomeriggio con i vostri amici ed elencare, in ordine alfabetico, tutti i protagonisti del vostro mondo: i compagni di scuola, i tipi più interessanti del quartiere, gli avversari del vostro campionato, i luoghi che avete visitato insieme...

Il bello di un'enciclopedia è che non finisce mai e dev'essere aggiornata di continuo.

Noi lo faremo senz'altro tra qualche anno. Ma prima dobbiamo incontrare nuovi amici, giocare nuove partite, fare nuovi viaggi...

Cominceremo subito e vi racconteremo tutto nel prossimo libro. Perciò, non perdeteci di vista!

A presto. Anzi, a prestissimo!
Cipo-ciao!

Tommi e le Cipolline

DIRITTO DI GIOCARE A CALCIO... DIVERTENDOSI!

Alle sue Cipolline Gaston Champignon ricorda sempre che la prima regola è divertirsi, non vincere. Perché chi si diverte... non perde mai!

Be' non è il solo a pensarla così: nel 1992 a Ginevra è stata scritta una *Carta dei diritti dei ragazzi allo sport*. Leggetela bene e pretendete che i vostri diritti vengano sempre rispettati!

1. Il diritto di divertirsi e giocare
2. Il diritto di fare sport
3. Il diritto di beneficiare di un ambiente sano
4. Il diritto di essere circondato e allenato da persone competenti
5. Il diritto di seguire allenamenti adeguati ai suoi ritmi

6 Il diritto di misurarsi con giovani che abbiano le sue stesse possibilità di successo

7 Il diritto di praticare sport in assoluta sicurezza

8 Il diritto di avere i giusti tempi di riposo

9 Il diritto di non essere un campione

Gaston Champignon

CHI È LUIGI GARLANDO?

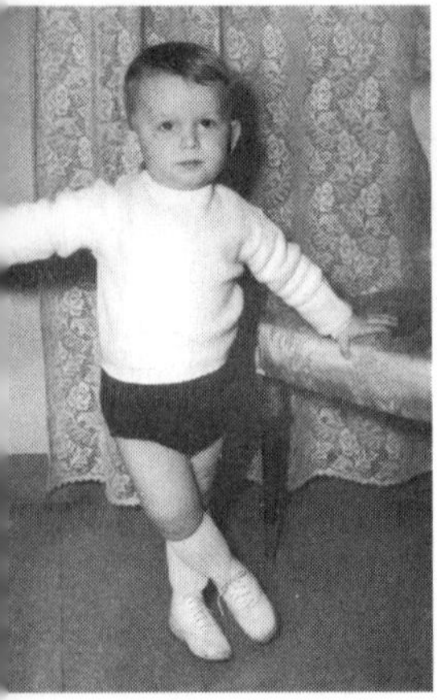

Luigi a tre anni

Tra le tante cose che facevano infuriare mia mamma quando ero piccolo ce n'erano due in particolare: il lampadario della sala rotto e i cuscini sporchi d'inchiostro. Bastava che mi lasciassero solo in casa con mio fratello Ferruccio e la sala da pranzo diventava uno splendido campo di calcio. Il guaio è che in sala avevamo un insopportabile lampadario di cristallo, bello ma delicatissimo, una specie di testa con tanti orecchini di vetro: alla minima pallonata perdeva i pezzi.

Diventato un po' più grande, ho scoperto il divertimento della scrittura. Visto che ormai non avevo più l'età per farmi raccontare le fiabe, alla sera, prima di addormentarmi, me le raccontavo da solo, o meglio, inventavo delle storie e le scrivevo su un quaderno a quadretti. Il guaio, in questo caso, è che il sonno spesso arrivava prima che riuscissi a posare il quaderno e a mettere il tappino alla biro che così, rotolando nel letto per tutta la notte, macchiava cuscino e lenzuola.

Insomma, a me il calcio e la scrittura sono sempre piaciuti, infatti oggi sono un giornalista sportivo. Scrivo sulla *Gazzetta dello Sport*, quel giornale rosa che si pubblica a Milano, città in cui sono nato e cresciuto.

Luigi Garlando

Prima di diventare giornalista, però, ho fatto per qualche anno l'insegnante di italiano. Allora davo i voti agli studenti, ora li do ai calciatori. La differenza è che quando un ragazzino si prendeva un 4 in un tema non mi telefonava per protestare, mentre quando do un 4 sul giornale a un centravanti, spesso mi squilla il cellulare...

Non sono veloce come Becan o Joao, non ho la grinta di Sara e Lara, non ho la potenza di Spillo né l'altezza di Ciro-Ciraffa, non ho i piedi buoni di Tommi né il lancio preciso di Dante, ma gioco a pallone lo stesso... Almeno una volta alla settimana, con i miei compagni di lavoro. E come spiega Gaston Champignon: io non perdo mai, perché mi diverto sempre! Modestamente, ho una certa classe, come potete vedere nella foto qui sopra...

Un abbraccio a tutti!

P.S. Se volete scrivere a me o alle Cipolline, questa è la mia e-mail: lgarlando@rcs.it

INDICE

Luigi Garlando

GOL!

NON PERDERTI LE AVVENTURE DELLE CIPOLLINE:

1. Calcio d'inizio
2. E ora... tutti in Brasile!
3. Inizia il campionato
4. Sognando la finalissima
5. La sfida decisiva
6. In trasferta a Parigi
7. Una scelta importante
8. Arriva il nuovo capitano
9. Il grande ritorno
10. L'ora della rivincita
11. Intervista con il campione
12. La nuova squadra
13. Un campionato difficile
14. Cina... stiamo arrivando!
15. Tommi non mollare!
16. Spillo ha deciso!
17. Bentornato Mister!
18. Una Cipollina in più
19. Attacco alla difesa
20. Finale a sorpresa
21. Cambia tutto!
22. Il giorno delle selezioni
23. Amici contro
24. Tutti in Spagna!

- **Supergol!** Scendi in campo con le Cipolline!
- **Supergol! 2** Le Cipolline in Nazionale
- **Supergol! 3** Il Mondiale delle Cipolline
- **Supergol! 4** Il mondo delle Cipolline

...E TANTE ALTRE IN ARRIVO!

10
CIPOLLINE
IL GIORNALINO
SCOOP
TOMMY ED EGLE LITIGANO ANCORA!!